Bryn Mawr Greek Commentaries

# Xenophon's

# *Symposium*

Andrew M. Miller

Thomas Library
Bryn Mawr College
Bryn Mawr, Pennsylvania

Copyright ©2005 by **Bryn Mawr Commentaries**

Manufactured in the United States of America
ISBN 1-931019-02-9
Printed and distributed by
Bryn Mawr Commentaries
Thomas Library
Bryn Mawr College
101 North Merion Avenue
Bryn Mawr, PA 19010-2899

## Series Preface

These lexical and grammatical notes are meant not as a full-scale commentary but as a clear and concise aid to the beginning student. The editors have been told to resist their critical impulses and to say only what will help the student read the text. Our commentaries, then, are the beginning of the interpretive process, not the end.

We expect that the student will know the basic Attic declensions and conjugations, basic grammar (the common functions of cases and moods; the common types of clauses and conditions), and how to use a dictionary. In general we have tried to avoid duplication of material easily extractable from the lexicon, but we have included help with the odd verb forms, and recognizing that endless page-flipping can be counter-productive, we have provided the occasional bonus of assistance with uncommon vocabulary.

These commentaries are based on the Oxford Classical Text unless otherwise noted. Oxford University Press has kindly allowed us to print its edition of the Greek text in cases where we thought it would be particularly beneficial to the student.

Production of these commentaries has been made possible by a generous grant from the Division of Education Programs, the National Endowment for the Humanities.

Richard Hamilton
General Editor

## VOLUME PREFACE

Among the Socratic writings of Xenophon (c. 428-c. 354 B. C.), the *Symposium* occupies a special place by reason of its unforced charm and vivacity. The precise nature of its relationship with Plato's work of the same name has been a subject of considerable controversy. That there *is* a relationship seems certain; the two works share not only a general premise -- both represent drinking-parties at which Socrates is the central and dominating figure -- but also, in the discussion of pederastic love that occupies Chapter VIII, a common theme. (An exhaustive list of parallels between the two works can be found in the article by H. Thesleff cited in the "Select Bibliography.")

Although the drinking-party itself is generally agreed to be a literary fiction, the athletic victory that purportedly occasioned it can be dated with some exactness to the late summer of 422 B. C., and most of the participants are historical. Aside from Socrates, the *dramatis personae* of the work are as follows: (1) *Callias*, the host, a wealthy Athenian whose family had been socially and politically prominent for generations; (2) *Autolycus*, a handsome youth beloved by Callias, recent victor in the Panathenaic Games; (3) Autolycus's father *Lycon*; (4) *Niceratus*, whose father Nicias was a distinguished Athenian politician and general; (5) *Critobulus*, the notably good-looking son of Socrates' faithful friend Crito; (6) *Charmides*, an Athenian aristocrat (and uncle of Plato); (7) Callias's half-brother *Hermogenes*; (8) *Antisthenes*, an associate of the sophist Gorgias as well as of Socrates, later credited with founding the Cynic school; (9) *Philip*, a professional comedian who appears at the dinner uninvited; and (10) an unnamed *Syracusan* who entertains the gathering with a small troupe of acrobat-dancers.

I wish to express my gratitude to William H. Race, Richard Hamilton, Christopher Kurfess, and Christopher Geadrities for many helpful corrections and suggestions.

ΣΥΜΠΟΣΙΟΝ

I. Ἀλλ' ἐμοὶ δοκεῖ τῶν καλῶν κἀγαθῶν ἀνδρῶν ἔργα οὐ μόνον τὰ μετὰ σπουδῆς πραττόμενα ἀξιομνημόνευτα εἶναι, ἀλλὰ καὶ τὰ ἐν ταῖς παιδιαῖς. οἷς δὲ παραγενόμενος ταῦτα γιγνώσκω δηλῶσαι βούλομαι.

(2) ἦν μὲν γὰρ Παναθηναίων τῶν μεγάλων ἱπποδρομία, Καλλίας δὲ ὁ Ἱππονίκου ἐρῶν ἐτύγχανεν Αὐτολύκου παιδὸς ὄντος, καὶ νενικηκότα αὐτὸν παγκράτιον ἧκεν ἄγων ἐπὶ τὴν θέαν. ὡς δὲ ἡ ἱπποδρομία ἔληξεν, ἔχων τόν τε Αὐτόλυκον καὶ τὸν πατέρα αὐτοῦ ἀπῄει εἰς τὴν ἐν Πειραιεῖ οἰκίαν· συνείπετο δὲ αὐτῷ καὶ Νικήρατος.

(3) ἰδὼν δὲ ὁμοῦ ὄντας Σωκράτην τε καὶ Κριτόβουλον καὶ Ἑρμογένην καὶ Ἀντισθένην καὶ Χαρμίδην, τοῖς μὲν ἀμφ' Αὐτόλυκον ἡγεῖσθαί τινα ἔταξεν, αὐτὸς δὲ προσῆλθε τοῖς ἀμφὶ Σωκράτην, καὶ εἶπεν· (4) Εἰς καλόν γε ὑμῖν συντετύχηκα· ἑστιᾶν γὰρ μέλλω Αὐτόλυκον καὶ τὸν πατέρα αὐτοῦ. οἶμαι οὖν πολὺ ἂν τὴν κατασκευήν μοι λαμπροτέραν φανῆναι εἰ ἀνδράσιν ἐκκεκαθαρμένοις τὰς ψυχὰς ὥσπερ ὑμῖν ὁ ἀνδρὼν κεκοσμημένος εἴη μᾶλλον ἢ εἰ στρατηγοῖς καὶ ἱππάρχοις καὶ σπουδαρχίαις.

(5) καὶ ὁ Σωκράτης εἶπεν· Ἀεὶ σὺ ἐπισκώπτεις ἡμᾶς καταφρονῶν, ὅτι σὺ μὲν Πρωταγόρᾳ τε πολὺ ἀργύριον δέδωκας ἐπὶ σοφίᾳ καὶ Γοργίᾳ καὶ Προδίκῳ καὶ ἄλλοις πολλοῖς, ἡμᾶς δ' ὁρᾷς αὐτουργούς τινας τῆς φιλοσοφίας ὄντας.

(6) καὶ ὁ Καλλίας, Καὶ πρόσθεν μέν γε, ἔφη, ἀπεκρυπτόμην ὑμᾶς ἔχων πολλὰ καὶ σοφὰ λέγειν, νῦν δέ, ἐὰν παρ' ἐμοὶ ἦτε, ἐπιδείξω ὑμῖν ἐμαυτὸν πάνυ πολλῆς σπουδῆς ἄξιον ὄντα.

(7) οἱ οὖν ἀμφὶ τὸν Σωκράτην πρῶτον μέν, ὥσπερ εἰκὸς ἦν, ἐπαινοῦντες τὴν κλῆσιν οὐχ ὑπισχνοῦντο συνδειπνήσειν· ὡς δὲ πάνυ ἀχθόμενος φανερὸς ἦν, εἰ μὴ ἕψοιντο, συνηκολούθησαν.

ἔπειτα δὲ αὐτῷ οἱ μὲν γυμνασάμενοι καὶ χρισάμενοι, οἱ δὲ καὶ λουσάμενοι παρῆλθον. (8) Αὐτόλυκος μὲν οὖν παρὰ τὸν πατέρα ἐκαθέζετο, οἱ δ' ἄλλοι, ὥσπερ εἰκός, κατεκλίθησαν.

εὐθὺς μὲν οὖν ἐννοήσας τις τὰ γιγνόμενα ἡγήσατ' ἂν φύσει βασιλικόν τι κάλλος εἶναι, ἄλλως τε καὶ ἂν μετ' αἰδοῦς καὶ σωφροσύνης, καθάπερ Αὐτόλυκος τότε, κεκτῆταί τις αὐτό. (9) πρῶτον μὲν γάρ, ὥσπερ ὅταν φέγγος τι ἐν νυκτὶ φανῇ, πάντων προσάγεται τὰ ὄμματα, οὕτω καὶ τότε τοῦ Αὐτολύκου τὸ κάλλος πάντων εἷλκε τὰς ὄψεις πρὸς αὐτόν· ἔπειτα τῶν ὁρώντων οὐδεὶς οὐκ ἔπασχέ τι τὴν ψυχὴν ὑπ' ἐκείνου. οἱ μέν γε σιωπηρότεροι ἐγίγνοντο, οἱ δὲ καὶ ἐσχηματίζοντό πως. (10) πάντες μὲν οὖν οἱ ἐκ θεῶν του κατεχόμενοι ἀξιοθέατοι δοκοῦσιν εἶναι· ἀλλ' οἱ μὲν ἐξ ἄλλων πρὸς τὸ γοργότεροί τε ὁρᾶσθαι καὶ φοβερώτερον φθέγγεσθαι καὶ σφοδρότεροι εἶναι φέρονται, οἱ δ' ὑπὸ τοῦ σώφρονος ἔρωτος ἔνθεοι τά τε ὄμματα φιλοφρονεστέρως ἔχουσι καὶ τὴν φωνὴν πρᾳοτέραν ποιοῦνται καὶ τὰ σχήματα εἰς τὸ ἐλευθεριώτερον ἄγουσιν. ἃ δὴ καὶ Καλλίας τότε διὰ τὸν ἔρωτα πράττων ἀξιοθέατος ἦν τοῖς τετελεσμένοις τούτῳ τῷ θεῷ.

(11) ἐκεῖνοι μὲν οὖν σιωπῇ ἐδείπνουν, ὥσπερ τοῦτο ἐπιτεταγμένον αὐτοῖς ὑπὸ κρείττονός τινος. Φίλιππος δ' ὁ γελωτοποιὸς κρούσας τὴν θύραν εἶπε τῷ ὑπακούσαντι εἰσαγγεῖλαι ὅστις τε εἴη καὶ δι' ὅ τι κατάγεσθαι βούλοιτο, συνεσκευασμένος τε παρεῖναι ἔφη πάντα τὰ ἐπιτήδεια ὥστε δειπνεῖν τἀλλότρια, καὶ τὸν παῖδα δὲ ἔφη πάνυ πιέζεσθαι διά τε τὸ φέρειν μηδὲν καὶ διὰ τὸ ἀνάριστον εἶναι. (12) ὁ οὖν Καλλίας ἀκούσας ταῦτα εἶπεν· Ἀλλὰ μέντοι, ὦ ἄνδρες, αἰσχρὸν στέγης γε φθονῆσαι· εἰσίτω οὖν. καὶ ἅμα ἀπέβλεψεν εἰς τὸν Αὐτόλυκον, δῆλον ὅτι ἐπισκοπῶν τί ἐκείνῳ δόξειε τὸ σκῶμμα εἶναι. (13) ὁ δὲ στὰς ἐπὶ τῷ ἀνδρῶνι ἔνθα τὸ δεῖπνον ἦν εἶπεν· Ὅτι μὲν γελωτοποιός εἰμι ἴστε πάντες· ἥκω δὲ προθύμως νομίσας γελοιότερον εἶναι τὸ ἄκλητον ἢ τὸ κεκλημένον ἐλθεῖν ἐπὶ τὸ δεῖπνον. Κατακλίνου τοίνυν, ἔφη ὁ Καλλίας. καὶ γὰρ οἱ παρόντες σπουδῆς μέν, ὡς ὁρᾷς, μεστοί, γέλωτος δὲ ἴσως ἐνδεέστεροι.

## ΣΥΜΠΟΣΙΟΝ

(14) δειπνούντων δὲ αὐτῶν ὁ Φίλιππος γελοῖόν τι εὐθὺς ἐπεχείρει λέγειν, ἵνα δὴ ἐπιτελοίη ὧνπερ ἕνεκα ἐκαλεῖτο ἑκάστοτε ἐπὶ τὰ δεῖπνα. ὡς δ' οὐκ ἐκίνησε γέλωτα, τότε μὲν ἀχθεσθεὶς φανερὸς ἐγένετο. αὖθις δ' ὀλίγον ὕστερον ἄλλο τι γελοῖον ἐβούλετο λέγειν. ὡς δὲ οὐδὲ τότε ἐγέλασαν ἐπ' αὐτῷ, ἐν τῷ μεταξὺ παυσάμενος τοῦ δείπνου συγκαλυψάμενος κατέκειτο. (15) καὶ ὁ Καλλίας, Τί τοῦτ', ἔφη, ὦ Φίλιππε; ἀλλ' ἦ ὀδύνη σε εἴληφε; καὶ ὃς ἀναστενάξας εἶπε· Ναὶ μὰ Δί', ἔφη, ὦ Καλλία, μεγάλη γε· ἐπεὶ γὰρ γέλως ἐξ ἀνθρώπων ἀπόλωλεν, ἔρρει τὰ ἐμὰ πράγματα. πρόσθεν μὲν γὰρ τούτου ἕνεκα ἐκαλούμην ἐπὶ τὰ δεῖπνα, ἵνα εὐφραίνοιντο οἱ συνόντες δι' ἐμὲ γελῶντες· νῦν δὲ τίνος ἕνεκα καὶ καλεῖ μέ τις; οὔτε γὰρ ἔγωγε σπουδάσαι ἂν δυναίμην μᾶλλον ἤπερ ἀθάνατος γενέσθαι, οὔτε μὴν ὡς ἀντικληθησόμενος καλεῖ μέ τις, ἐπεὶ πάντες ἴσασιν ὅτι ἀρχὴν οὐδὲ νομίζεται εἰς τὴν ἐμὴν οἰκίαν δεῖπνον προσφέρεσθαι. καὶ ἅμα λέγων ταῦτα ἀπεμύττετό τε καὶ τῇ φωνῇ σαφῶς κλαίειν ἐφαίνετο. (16) πάντες μὲν οὖν παρεμυθοῦντό τε αὐτὸν ὡς αὖθις γελασόμενοι καὶ δειπνεῖν ἐκέλευον, Κριτόβουλος δὲ καὶ ἐξεκάγχασεν ἐπὶ τῷ οἰκτισμῷ αὐτοῦ. ὁ δ' ὡς ᾔσθετο τοῦ γέλωτος, ἀνεκαλύψατό τε καὶ τῇ ψυχῇ παρακελευσάμενος θαρρεῖν, ὅτι ἔσονται συμβολαί, πάλιν ἐδείπνει.

II. Ὡς δ' ἀφῃρέθησαν αἱ τράπεζαι καὶ ἔσπεισάν τε καὶ ἐπαιάνισαν, ἔρχεται αὐτοῖς ἐπὶ κῶμον Συρακόσιός τις ἄνθρωπος, ἔχων τε αὐλητρίδα ἀγαθὴν καὶ ὀρχηστρίδα τῶν τὰ θαύματα δυναμένων ποιεῖν, καὶ παῖδα πάνυ γε ὡραῖον καὶ πάνυ καλῶς κιθαρίζοντα καὶ ὀρχούμενον. ταῦτα δὲ καὶ ἐπιδεικνὺς ὡς ἐν θαύματι ἀργύριον ἐλάμβανεν. (2) ἐπεὶ δὲ αὐτοῖς ἡ αὐλητρὶς μὲν ηὔλησεν, ὁ δὲ παῖς ἐκιθάρισε, καὶ ἐδόκουν μάλα ἀμφότεροι ἱκανῶς εὐφραίνειν, εἶπεν ὁ Σωκράτης· Νὴ Δί', ὦ Καλλία, τελέως ἡμᾶς ἑστιᾷς. οὐ γὰρ μόνον δεῖπνον ἄμεμπτον παρέθηκας, ἀλλὰ καὶ θεάματα καὶ ἀκροάματα ἥδιστα παρέχεις. (3) καὶ ὃς ἔφη· Τί οὖν εἰ καὶ μύρον τις ἡμῖν ἐνέγκαι, ἵνα καὶ εὐωδίᾳ ἑστιώμεθα; Μηδαμῶς, ἔφη ὁ Σωκράτης. ὥσπερ γάρ τοι ἐσθὴς ἄλλη μὲν γυναικί, ἄλλη δὲ ἀνδρὶ καλή, οὕτω καὶ ὀσμὴ ἄλλη μὲν ἀνδρί, ἄλλη δὲ γυναικὶ πρέπει. καὶ γὰρ ἀνδρὸς μὲν δήπου ἕνεκα ἀνὴρ οὐδεὶς μύρῳ χρίεται. αἱ μέντοι γυναῖκες ἄλλως τε καὶ ἂν νύμφαι τύχωσιν οὖσαι, ὥσπερ ἡ Νικηράτου τοῦδε καὶ ἡ Κριτοβούλου, μύρου μὲν τί καὶ προσδέονται; (4) αὐταὶ γὰρ τούτου ὄζουσιν· ἐλαίου δὲ τοῦ ἐν γυμνασίοις ὀσμὴ καὶ παροῦσα ἡδίων ἢ μύρου γυναιξὶ καὶ ἀποῦσα ποθεινοτέρα. καὶ γὰρ δὴ μύρῳ μὲν ὁ ἀλειψάμενος καὶ δοῦλος καὶ ἐλεύθερος εὐθὺς ἅπας ὅμοιον ὄζει· αἱ δ' ἀπὸ τῶν ἐλευθερίων μόχθων ὀσμαὶ ἐπιτηδευμάτων τε πρῶτον χρηστῶν καὶ χρόνου πολλοῦ δέονται, εἰ μέλλουσιν ἡδεῖαί τε καὶ ἐλευθέριοι ἔσεσθαι.

καὶ ὁ Λύκων εἶπεν· Οὐκοῦν νέοις μὲν ἂν εἴη ταῦτα· ἡμᾶς δὲ τοὺς μηκέτι γυμναζομένους τίνος ὄζειν δεήσει;

Καλοκἀγαθίας νὴ Δί', ἔφη ὁ Σωκράτης.

Καὶ πόθεν ἄν τις τοῦτο τὸ χρῖμα λάβοι;

Οὐ μὰ Δί', ἔφη, οὐ παρὰ τῶν μυροπωλῶν.

Ἀλλὰ πόθεν δή;

Ὁ μὲν Θέογνις ἔφη·

Ἐσθλῶν μὲν γὰρ ἀπ' ἐσθλὰ διδάξεαι· ἢν δὲ κακοῖσι συμμίσγῃς, ἀπολεῖς καὶ τὸν ἐόντα νόον.

(5) καὶ ὁ Λύκων εἶπεν· Ἀκούεις ταῦτα, ὦ υἱέ;

Ναὶ μὰ Δί', ἔφη ὁ Σωκράτης, καὶ χρῆταί γε. ἐπεὶ γοῦν νικηφόρος ἐβούλετο τοῦ παγκρατίου γενέσθαι, σὺν σοὶ σκεψάμενος ... αὖ, ὃς ἂν δοκῇ αὐτῷ ἱκανώτατος εἶναι εἰς <τὸ> ταῦτα ἐπιτηδεῦσαι, τούτῳ συνέσται.

(6) ἐνταῦθα δὴ πολλοὶ ἐφθέγξαντο· καὶ ὁ μέν τις αὐτῶν εἶπε· Ποῦ οὖν εὑρήσει τούτου διδάσκαλον; ὁ δέ τις ὡς οὐδὲ διδακτὸν τοῦτο εἴη, ἕτερος δέ τις ὡς εἴπερ τι καὶ ἄλλο καὶ τοῦτο μαθητόν. (7) ὁ δὲ Σωκράτης ἔφη· Τοῦτο μὲν ἐπειδὴ ἀμφίλογόν ἐστιν, εἰς αὖθις ἀποθώμεθα· νυνὶ δὲ τὰ προκείμενα ἀποτελῶμεν. ὁρῶ γὰρ ἔγωγε τήνδε τὴν ὀρχηστρίδα ἐφεστηκυῖαν καὶ τροχούς τινας αὐτῇ προσφέροντα.

(8) ἐκ τούτου δὴ ηὔλει μὲν αὐτῇ ἡ ἑτέρα, παρεστηκὼς δέ τις

ΣΥΜΠΟΣΙΟΝ

τῇ ὀρχηστρίδι ἀνεδίδου τοὺς τροχοὺς μέχρι δώδεκα. ἡ δὲ λαμβάνουσα ἅμα τε ὠρχεῖτο καὶ ἀνερρίπτει δονουμένους συντεκμαιρομένη ὅσον ἔδει ῥιπτεῖν ὕψος ὡς ἐν ῥυθμῷ δέχεσθαι αὐτούς.

(9) καὶ ὁ Σωκράτης εἶπεν· Ἐν πολλοῖς μέν, ὦ ἄνδρες, καὶ ἄλλοις δῆλον καὶ ἐν οἷς δ' ἡ παῖς ποιεῖ ὅτι ἡ γυναικεία φύσις οὐδὲν χείρων τῆς τοῦ ἀνδρὸς οὖσα τυγχάνει, γνώμης δὲ καὶ ἰσχύος δεῖται. ὥστε εἴ τις ὑμῶν γυναῖκα ἔχει, θαρρῶν διδασκέτω ὅ τι βούλοιτ' ἂν αὐτῇ ἐπισταμένῃ χρῆσθαι.

(10) καὶ ὁ Ἀντισθένης, Πῶς οὖν, ἔφη, ὦ Σώκρατες, οὕτω γιγνώσκων οὐ καὶ σὺ παιδεύεις Ξανθίππην, ἀλλὰ χρῇ γυναικὶ τῶν οὐσῶν, οἶμαι δὲ καὶ τῶν γεγενημένων καὶ τῶν ἐσομένων χαλεπωτάτῃ;
Ὅτι, ἔφη, ὁρῶ καὶ τοὺς ἱππικοὺς βουλομένους γενέσθαι οὐ τοὺς εὐπειθεστάτους ἀλλὰ τοὺς θυμοειδεῖς ἵππους κτωμένους. νομίζουσι γάρ, ἂν τοὺς τοιούτους δύνωνται κατέχειν, ῥᾳδίως τοῖς γε ἄλλοις ἵπποις χρήσεσθαι. κἀγὼ δὴ βουλόμενος ἀνθρώποις χρῆσθαι καὶ ὁμιλεῖν ταύτην κέκτημαι, εὖ εἰδὼς ὅτι εἰ ταύτην ὑποίσω, ῥᾳδίως τοῖς γε ἄλλοις ἅπασιν ἀνθρώποις συνέσομαι.

καὶ οὗτος μὲν δὴ ὁ λόγος οὐκ ἀπὸ τοῦ σκοποῦ ἔδοξεν εἰρῆσθαι.

(11) μετὰ δὲ τοῦτο κύκλος εἰσηνέχθη περίμεστος ξιφῶν ὀρθῶν. εἰς οὖν ταῦτα ἡ ὀρχηστρὶς ἐκυβίστα τε καὶ ἐξεκυβίστα ὑπὲρ αὐτῶν. ὥστε οἱ μὲν θεώμενοι ἐφοβοῦντο μή τι πάθῃ, ἡ δὲ θαρρούντως τε καὶ ἀσφαλῶς ταῦτα διεπράττετο.

(12) καὶ ὁ Σωκράτης καλέσας τὸν Ἀντισθένην εἶπεν· Οὔτοι τούς γε θεωμένους τάδε ἀντιλέξειν ἔτι οἴομαι, ὡς οὐχὶ καὶ ἡ ἀνδρεία διδακτόν, ὁπότε αὕτη καίπερ γυνὴ οὖσα οὕτω τολμηρῶς εἰς τὰ ξίφη ἵεται.

(13) καὶ ὁ Ἀντισθένης εἶπεν· Ἆρ' οὖν καὶ τῷδε τῷ Συρακοσίῳ κράτιστον ἐπιδείξαντι τῇ πόλει τὴν ὀρχηστρίδα εἰπεῖν, ἐὰν διδῶσιν αὐτῷ Ἀθηναῖοι χρήματα, ποιήσειν πάντας Ἀθηναίους τολμᾶν ὁμόσε ταῖς λόγχαις ἰέναι;

(14) καὶ ὁ Φίλιππος, Νὴ Δί', ἔφη, καὶ μὴν ἔγωγε ἡδέως ἂν θεώμην Πείσανδρον τὸν δημηγόρον μανθάνοντα κυβιστᾶν εἰς τὰς μαχαίρας, ὃς νῦν διὰ τὸ μὴ δύνασθαι λόγχαις ἀντιβλέπειν οὐδὲ συστρατεύεσθαι ἐθέλει.

(15) ἐκ τούτου ὁ παῖς ὠρχήσατο. καὶ ὁ Σωκράτης εἶπεν· Εἴδετ', ἔφη, ὡς καλὸς <ὁ> παῖς ὢν ὅμως σὺν τοῖς σχήμασιν ἔτι καλλίων φαίνεται ἢ ὅταν ἡσυχίαν ἔχῃ; καὶ ὁ Χαρμίδης εἶπεν· Ἐπαινοῦντι ἔοικας τὸν ὀρχηστοδιδάσκαλον.

(16) Ναὶ μὰ τὸν Δί', ἔφη ὁ Σωκράτης· καὶ γὰρ ἄλλο τι προσενενόησα, ὅτι οὐδὲν ἀργὸν τοῦ σώματος ἐν τῇ ὀρχήσει ἦν, ἀλλ' ἅμα καὶ τράχηλος καὶ σκέλη καὶ χεῖρες ἐγυμνάζοντο, ὥσπερ χρὴ ὀρχεῖσθαι τὸν μέλλοντα εὐφορώτερον τὸ σῶμα ἕξειν. καὶ ἐγὼ μέν, ἔφη, πάνυ ἂν ἡδέως, ὦ Συρακόσιε, μάθοιμι τὰ σχήματα παρὰ σοῦ.

καὶ ὅς, Τί οὖν χρήσῃ αὐτοῖς; ἔφη.

(17) Ὀρχήσομαι νὴ Δία.

ἐνταῦθα δὴ ἐγέλασαν ἅπαντες. καὶ ὁ Σωκράτης μάλα ἐσπουδακότι τῷ προσώπῳ, Γελᾶτε, ἔφη, ἐπ' ἐμοί; πότερον ἐπὶ τούτῳ εἰ βούλομαι γυμναζόμενος μᾶλλον ὑγιαίνειν ἢ εἰ ἥδιον ἐσθίειν καὶ καθεύδειν ἢ εἰ τοιούτων γυμνασίων ἐπιθυμῶ, μὴ ὥσπερ οἱ δολιχοδρόμοι τὰ σκέλη μὲν παχύνονται, τοὺς ὤμους δὲ λεπτύνονται, μηδ' ὥσπερ οἱ πύκται τοὺς μὲν ὤμους παχύνονται, τὰ δὲ σκέλη λεπτύνονται, ἀλλὰ παντὶ διαπονῶν τῷ σώματι πᾶν ἰσόρροπον ποιεῖν; (18) ἢ ἐπ' ἐκείνῳ γελᾶτε, ὅτι οὐ δεήσει με συγγυμναστὴν ζητεῖν, οὐδ' ἐν ὄχλῳ πρεσβύτην ὄντα ἀποδύεσθαι, ἀλλ' ἀρκέσει μοι οἶκος ἑπτάκλινος, ὥσπερ καὶ νῦν τῷδε τῷ παιδὶ ἤρκεσε τόδε τὸ οἴκημα ἐνιδρῶσαι, καὶ χειμῶνος μὲν ἐν στέγῃ γυμνάσομαι, ὅταν δὲ ἄγαν καῦμα ᾖ, ἐν σκιᾷ; (19) ἢ τόδε γελᾶτε, εἰ μείζω τοῦ καιροῦ τὴν γαστέρα ἔχων μετριωτέραν βούλομαι ποιῆσαι αὐτήν; ἢ οὐκ ἴστε ὅτι ἔναγχος ἕωθεν Χαρμίδης οὑτοσὶ κατέλαβέ με ὀρχούμενον;

Ναὶ μὰ τὸν Δί', ἔφη ὁ Χαρμίδης· καὶ τὸ μέν γε πρῶτον

ἐξεπλάγην καὶ ἔδεισα μὴ μαίνοιο· ἐπεὶ δέ σου ἤκουσα ὅμοια οἷς νῦν λέγεις, καὶ αὐτὸς ἐλθὼν οἴκαδε ὠρχούμην μὲν οὔ, οὐ γὰρ πώποτε τοῦτ᾽ ἔμαθον, ἐχειρονόμουν δέ· ταῦτα γὰρ ἠπιστάμην.

(20) Νὴ Δί᾽, ἔφη ὁ Φίλιππος, καὶ γὰρ οὖν οὕτω τὰ σκέλη τοῖς ὤμοις φαίνει ἰσοφόρα ἔχειν ὥστε δοκεῖς ἐμοί, κἂν εἰ τοῖς ἀγορανόμοις ἀφισταίης ὥσπερ ἄρτους τὰ κάτω πρὸς τὰ ἄνω, ἀζήμιος ἂν γενέσθαι.

καὶ ὁ Καλλίας εἶπεν· Ὦ Σώκρατες, ἐμὲ μὲν παρακάλει, ὅταν μέλλῃς μανθάνειν ὀρχεῖσθαι, ἵνα σοι ἀντιστοιχῶ τε καὶ συμμανθάνω.

(21) Ἄγε δή, ἔφη ὁ Φίλιππος, καὶ ἐμοὶ αὐλησάτω, ἵνα καὶ ἐγὼ ὀρχήσωμαι.

ἐπειδὴ δ᾽ ἀνέστη, διῆλθε μιμούμενος τήν τε τοῦ παιδὸς καὶ τὴν τῆς παιδὸς ὄρχησιν. (22) καὶ πρῶτον μὲν ὅτι ἐπῄνεσαν ὡς ὁ παῖς σὺν τοῖς σχήμασιν ἔτι καλλίων ἐφαίνετο, ἀνταπέδειξεν ὅ τι κινοίη τοῦ σώματος ἅπαν τῆς φύσεως γελοιότερον· ὅτι δ᾽ ἡ παῖς εἰς τοὔπισθεν καμπτομένη τροχοὺς ἐμιμεῖτο, ἐκεῖνος ταὐτὰ εἰς τὸ ἔμπροσθεν ἐπικύπτων μιμεῖσθαι τροχοὺς ἐπειρᾶτο. τέλος δ᾽ ὅτι τὸν παῖδ᾽ ἐπῄνουν ὡς ἐν τῇ ὀρχήσει ἅπαν τὸ σῶμα γυμνάζοι, κελεύσας τὴν αὐλητρίδα θάττονα ῥυθμὸν ἐπάγειν ἵει ἅμα πάντα καὶ σκέλη καὶ χεῖρας καὶ κεφαλήν. (23) ἐπειδὴ δὲ ἀπειρήκει, κατακλινόμενος εἶπε· Τεκμήριον, ὦ ἄνδρες, ὅτι καλῶς γυμνάζει καὶ τὰ ἐμὰ ὀρχήματα. ἐγὼ γοῦν διψῶ· καὶ ὁ παῖς ἐγχεάτω μοι τὴν μεγάλην φιάλην.

Νὴ Δί᾽, ἔφη ὁ Καλλίας, καὶ ἡμῖν γε, ἐπεὶ καὶ ἡμεῖς διψῶμεν ἐπὶ σοὶ γελῶντες.

(24) ὁ δ᾽ αὖ Σωκράτης εἶπεν· Ἀλλὰ πίνειν μέν, ὦ ἄνδρες, καὶ ἐμοὶ πάνυ δοκεῖ· τῷ γὰρ ὄντι ὁ οἶνος ἄρδων τὰς ψυχὰς τὰς μὲν λύπας, ὥσπερ ὁ μανδραγόρας τοὺς ἀνθρώπους, κοιμίζει, τὰς δὲ φιλοφροσύνας, ὥσπερ ἔλαιον φλόγα, ἐγείρει. (25) δοκεῖ μέντοι μοι καὶ τὰ τῶν ἀνδρῶν σώματα ταὐτὰ πάσχειν ἅπερ καὶ τὰ τῶν ἐν γῇ φυομένων. καὶ γὰρ ἐκεῖνα, ὅταν μὲν ὁ θεὸς αὐτὰ ἄγαν ἀθρόως ποτίζῃ, οὐ δύναται ὀρθοῦσθαι οὐδὲ ταῖς αὔραις διαπνεῖσθαι· ὅταν δ᾽

ὅσῳ ἥδεται τοσοῦτον πίνῃ, καὶ μάλα ὀρθά τε αὔξεται καὶ θάλλοντα ἀφικνεῖται εἰς τὴν καρπογονίαν. (26) οὕτω δὲ καὶ ἡμεῖς ἂν μὲν ἀθρόον τὸ ποτὸν ἐγχεώμεθα, ταχὺ ἡμῖν καὶ τὰ σώματα καὶ αἱ γνῶμαι σφαλοῦνται, καὶ οὐδὲ ἀναπνεῖν, μὴ ὅτι λέγειν τι δυνησόμεθα· ἂν δὲ ἡμῖν οἱ παῖδες μικραῖς κύλιξι πυκνὰ ἐπιψακάζωσιν, ἵνα καὶ ἐγὼ ἐν Γοργιείοις ῥήμασιν εἴπω, οὕτως οὐ βιαζόμενοι μεθύειν ὑπὸ τοῦ οἴνου ἀλλ' ἀναπειθόμενοι πρὸς τὸ παιγνιωδέστερον ἀφιξόμεθα.

(27) ἐδόκει μὲν δὴ ταῦτα πᾶσι· προσέθηκε δὲ ὁ Φίλιππος ὡς χρὴ τοὺς οἰνοχόους μιμεῖσθαι τοὺς ἀγαθοὺς ἁρματηλάτας, θᾶττον περιελαύνοντας τὰς κύλικας. οἱ μὲν δὴ οἰνοχόοι οὕτως ἐποίουν.

III. Ἐκ δὲ τούτου συνηρμοσμένῃ τῇ λύρᾳ πρὸς τὸν αὐλὸν ἐκιθάρισεν ὁ παῖς καὶ ᾖσεν. ἔνθα δὴ ἐπῄνεσαν μὲν ἅπαντες· ὁ δὲ Χαρμίδης καὶ εἶπεν· Ἀλλ' ἐμοὶ μὲν δοκεῖ, ὦ ἄνδρες, ὥσπερ Σωκράτης ἔφη τὸν οἶνον, οὕτως καὶ αὕτη ἡ κρᾶσις τῶν τε παίδων τῆς ὥρας καὶ τῶν φθόγγων τὰς μὲν λύπας κοιμίζειν, τὴν δ' ἀφροδίτην ἐγείρειν.

(2) ἐκ τούτου δὲ πάλιν εἶπεν ὁ Σωκράτης· Οὗτοι μὲν δή, ὦ ἄνδρες, ἱκανοὶ τέρπειν ἡμᾶς φαίνονται· ἡμεῖς δὲ τούτων οἶδ' ὅτι πολὺ βελτίονες οἰόμεθα εἶναι· οὐκ αἰσχρὸν οὖν εἰ μηδ' ἐπιχειρήσομεν συνόντες ὠφελεῖν τι ἢ εὐφραίνειν ἀλλήλους;

Ἐντεῦθεν εἶπαν πολλοί· Σὺ τοίνυν ἡμῖν ἐξηγοῦ ποίων λόγων ἁπτόμενοι μάλιστ' ἂν ταῦτα ποιοῖμεν.

(3) Ἐγὼ μὲν τοίνυν, ἔφη, ἥδιστ' ἂν ἀπολάβοιμι παρὰ Καλλίου τὴν ὑπόσχεσιν. ἔφη γὰρ δήπου, εἰ συνδειπνοῖμεν, ἐπιδείξειν τὴν αὐτοῦ σοφίαν.

Καὶ ἐπιδείξω γε, ἔφη, ἐὰν καὶ ὑμεῖς ἅπαντες εἰς μέσον φέρητε ὅ τι ἕκαστος ἐπίστασθε ἀγαθόν.

Ἀλλ' οὐδείς σοι, ἔφη, ἀντιλέγει τὸ μὴ οὐ λέξειν ὅ τι ἕκαστος ἡγεῖται πλείστου ἄξιον ἐπίστασθαι.

(4) Ἐγὼ μὲν τοίνυν, ἔφη, λέγω ὑμῖν ἐφ' ᾧ μέγιστον φρονῶ. ἀνθρώπους γὰρ οἶμαι ἱκανὸς εἶναι βελτίους ποιεῖν.

ΣΥΜΠΟΣΙΟΝ                                                    iii

καὶ ὁ Ἀντισθένης εἶπε· Πότερον τέχνην τινὰ βαναυσικὴν ἢ καλοκἀγαθίαν διδάσκων;
Εἰ καλοκἀγαθία ἐστὶν ἡ δικαιοσύνη.
Νὴ Δί', ἔφη ὁ Ἀντισθένης, ἥ γε ἀναμφιλογωτάτη· ἐπεί τοι ἀνδρεία μὲν καὶ σοφία ἔστιν ὅτε βλαβερὰ καὶ φίλοις καὶ πόλει δοκεῖ εἶναι, ἡ δὲ δικαιοσύνη οὐδὲ καθ' ἓν συμμίγνυται τῇ ἀδικίᾳ.
(5) Ἐπειδὰν τοίνυν καὶ ὑμῶν ἕκαστος εἴπῃ ὅ τι ὠφέλιμον ἔχει, τότε κἀγὼ οὐ φθονήσω εἰπεῖν τὴν τέχνην δι' ἧς τοῦτο ἀπεργάζομαι. ἀλλὰ σὺ αὖ, ἔφη, λέγε, ὦ Νικήρατε, ἐπὶ ποίᾳ ἐπιστήμῃ μέγα φρονεῖς.
καὶ ὃς εἶπεν· Ὁ πατὴρ ὁ ἐπιμελούμενος ὅπως ἀνὴρ ἀγαθὸς γενοίμην ἠνάγκασέ με πάντα τὰ Ὁμήρου ἔπη μαθεῖν· καὶ νῦν δυναίμην ἂν Ἰλιάδα ὅλην καὶ Ὀδύσσειαν ἀπὸ στόματος εἰπεῖν.
(6) Ἐκεῖνο δ', ἔφη ὁ Ἀντισθένης, λέληθέ σε, ὅτι καὶ οἱ ῥαψῳδοὶ πάντες ἐπίστανται ταῦτα τὰ ἔπη;
Καὶ πῶς ἄν, ἔφη, λεληθοι ἀκροώμενόν γε αὐτῶν ὀλίγου ἂν' ἑκάστην ἡμέραν;
Οἶσθά τι οὖν ἔθνος, ἔφη, ἠλιθιώτερον ῥαψῳδῶν;
Οὐ μὰ τὸν Δί', ἔφη ὁ Νικήρατος, οὔκουν ἔμοιγε δοκεῖ.
Δῆλον γάρ, ἔφη ὁ Σωκράτης, ὅτι τὰς ὑπονοίας οὐκ ἐπίστανται. σὺ δὲ Στησιμβρότῳ τε καὶ Ἀναξιμάνδρῳ καὶ ἄλλοις πολλοῖς πολὺ δέδωκας ἀργύριον, ὥστε οὐδέν σε τῶν πολλοῦ ἀξίων λέληθε. (7) τί γὰρ σύ, ἔφη, ὦ Κριτόβουλε, ἐπὶ τίνι μέγιστον φρονεῖς;
Ἐπὶ κάλλει, ἔφη.
Ἦ οὖν καὶ σύ, ἔφη ὁ Σωκράτης, ἕξεις λέγειν ὅτι τῷ σῷ κάλλει ἱκανὸς εἶ βελτίους ἡμᾶς ποιεῖν;
Εἰ δὲ μή, δῆλόν γε ὅτι φαῦλος φανοῦμαι.
(8) Τί γὰρ σύ, εἶπεν, ἐπὶ τίνι μέγα φρονεῖς, ὦ Ἀντίσθενες;
Ἐπὶ πλούτῳ, ἔφη.
ὁ μὲν δὴ Ἑρμογένης ἀνήρετο εἰ πολὺ εἴη αὐτῷ ἀργύριον. ὁ δὲ ἀπώμοσε μηδὲ ὀβολόν.
Ἀλλὰ γῆν πολλὴν κέκτησαι;

9

Ἴσως ἄν, ἔφη, Αὐτολύκῳ τούτῳ ἱκανὴ γένοιτο ἐγκονίσασθαι.

(9) Ἀκουστέον ἂν εἴη καὶ σοῦ. τί γὰρ σύ, ἔφη, ὦ Χαρμίδη, ἐπὶ τίνι μέγα φρονεῖς;

Ἐγὼ αὖ, ἔφη, ἐπὶ πενίᾳ μέγα φρονῶ.

Νὴ Δί', ἔφη ὁ Σωκράτης, ἐπ' εὐχαρίτῳ γε πράγματι. τοῦτο γὰρ δὴ ἥκιστα μὲν ἐπίφθονον, ἥκιστα δὲ περιμάχητον, καὶ ἀφύλακτον ὂν σώζεται καὶ ἀμελούμενον ἰσχυρότερον γίγνεται.

(10) Σὺ δὲ δή, ἔφη ὁ Καλλίας, ἐπὶ τίνι μέγα φρονεῖς, ὦ Σώκρατες;

καὶ ὃς μάλα σεμνῶς ἀνασπάσας τὸ πρόσωπον, Ἐπὶ μαστροπείᾳ, εἶπεν. ἐπεὶ δὲ ἐγέλασαν ἐπ' αὐτῷ, Ὑμεῖς μὲν γελᾶτε, ἔφη, ἐγὼ δὲ οἶδ' ὅτι καὶ πάνυ ἂν πολλὰ χρήματα λαμβάνοιμι, εἰ βουλοίμην χρῆσθαι τῇ τέχνῃ.

(11) Σύ γε μὴν δῆλον, ἔφη ὁ Λύκων τὸν Φίλιππον <προσειπών, ὅτι> ἐπὶ τῷ γελωτοποιεῖν μέγα φρονεῖς.

Δικαιότερόν γ', ἔφη, οἴομαι, ἢ Καλλιππίδης ὁ ὑποκριτής, ὃς ὑπερσεμνύνεται ὅτι δύναται πολλοὺς κλαίοντας καθίζειν.

(12) Οὐκοῦν καὶ σύ, ἔφη ὁ Ἀντισθένης, λέξεις, ὦ Λύκων, ἐπὶ τίνι μέγα φρονεῖς;

καὶ ὃς ἔφη· Οὐ γὰρ ἅπαντες ἴστε, ἔφη, <ὅτι> ἐπὶ τούτῳ τῷ υἱεῖ;

Οὗτός γε μήν, ἔφη τις, δῆλον ὅτι ἐπὶ τῷ νικηφόρος εἶναι.

καὶ ὁ Αὐτόλυκος ἀνερυθριάσας εἶπε· Μὰ Δί' οὐκ ἔγωγε.

(13) ἐπεὶ δὲ ἅπαντες ἡσθέντες ὅτι ἤκουσαν αὐτοῦ φωνήσαντος προσέβλεψαν, ἤρετό τις αὐτόν· Ἀλλ' ἐπὶ τῷ μήν, ὦ Αὐτόλυκε; ὁ δ' εἶπεν· Ἐπὶ τῷ πατρί, καὶ ἅμα ἐνεκλίθη αὐτῷ.

καὶ ὁ Καλλίας ἰδών, Ἆρ' οἶσθα, ἔφη, ὦ Λύκων, ὅτι πλουσιώτατος εἶ ἀνθρώπων;

Μὰ Δί', ἔφη, τοῦτο μέντοι ἐγὼ οὐκ οἶδα.

Ἀλλὰ λανθάνει σε ὅτι οὐκ ἂν δέξαιο τὰ βασιλέως χρήματα ἀντὶ τοῦ υἱοῦ;

Ἐπ' αὐτοφώρῳ εἴλημμαι, ἔφη, πλουσιώτατος, ὡς ἔοικεν,

ἀνθρώπων ὤν.

(14) Σὺ δέ, ἔφη ὁ Νικήρατος, ὦ Ἑρμόγενες, ἐπὶ τίνι μάλιστα ἀγάλλῃ;

καὶ ὅς, Ἐπὶ φίλων, ἔφη, ἀρετῇ καὶ δυνάμει, καὶ ὅτι τοιοῦτοι ὄντες ἐμοῦ ἐπιμέλονται.

ἐνταῦθα τοίνυν πάντες προσέβλεψαν αὐτῷ, καὶ πολλοὶ ἅμα ἤροντο εἰ καὶ σφίσι δηλώσοι αὐτούς. ὁ δὲ εἶπεν ὅτι οὐ φθονήσει.

IV. Ἐκ τούτου ἔλεξεν ὁ Σωκράτης· Οὐκοῦν λοιπὸν ἂν εἴη ἡμῖν ἃ ἕκαστος ὑπέσχετο ἀποδεικνύναι ὡς πολλοῦ ἄξιά ἐστιν.

Ἀκούοιτ' ἄν, ἔφη ὁ Καλλίας, ἐμοῦ πρῶτον. ἐγὼ γὰρ ἐν τῷ χρόνῳ ᾧ ὑμῶν ἀκούω ἀπορούντων τί τὸ δίκαιον, ἐν τούτῳ δικαιοτέρους τοὺς ἀνθρώπους ποιῶ.

καὶ ὁ Σωκράτης, Πῶς, ὦ λῷστε; ἔφη.

Διδοὺς νὴ Δί' ἀργύριον.

(2) καὶ ὁ Ἀντισθένης ἐπαναστὰς μάλα ἐλεγκτικῶς αὐτὸν ἐπήρετο· Οἱ δὲ ἄνθρωποι, ὦ Καλλία, πότερον ἐν ταῖς ψυχαῖς ἢ ἐν τῷ βαλαντίῳ τὸ δίκαιόν σοι δοκοῦσιν ἔχειν;

Ἐν ταῖς ψυχαῖς, ἔφη.

Κἄπειτα σὺ εἰς τὸ βαλάντιον διδοὺς ἀργύριον τὰς ψυχὰς δικαιοτέρους ποιεῖς;

Μάλιστα.

Πῶς;

Ὅτι διὰ τὸ εἰδέναι ὡς ἔστιν ὅτου πριάμενοι τὰ ἐπιτήδεια ἕξουσιν οὐκ ἐθέλουσι κακουργοῦντες κινδυνεύειν.

(3) Ἦ καί σοι, ἔφη, ἀποδιδόασιν ὅ τι ἂν λάβωσι;

Μὰ τὸν Δί', ἔφη, οὐ μὲν δή.

Τί δέ, ἀντὶ τοῦ ἀργυρίου χάριτας;

Οὐ μὰ τὸν Δί', ἔφη, οὐδὲ τοῦτο, ἀλλ' ἔνιοι καὶ ἐχθιόνως ἔχουσιν ἢ πρὶν λαβεῖν.

Θαυμαστά γ', ἔφη ὁ Ἀντισθένης ἅμα εἰσβλέπων ὡς ἐλέγχων αὐτόν, εἰ πρὸς μὲν τοὺς ἄλλους δύνασαι δικαίους [ἂν] ποιεῖν αὐτούς, πρὸς δὲ σαυτὸν οὔ.

(4) Καὶ τί τοῦτ', ἔφη ὁ Καλλίας, θαυμαστόν; οὐ καὶ τέκτονάς τε καὶ οἰκοδόμους πολλοὺς ὁρᾷς οἳ ἄλλοις μὲν πολλοῖς ποιοῦσιν οἰκίας, ἑαυτοῖς δὲ οὐ δύνανται ποιῆσαι, ἀλλ' ἐν μισθωτοῖς οἰκοῦσι; καὶ ἀνάσχου μέντοι, ὦ σοφιστά, ἐλεγχόμενος.

(5) Νὴ Δί', ἔφη ὁ Σωκράτης, ἀνεχέσθω μέντοι· ἐπεὶ καὶ οἱ μάντεις λέγονται δήπου ἄλλοις μὲν προαγορεύειν τὸ μέλλον, ἑαυτοῖς δὲ μὴ προορᾶν τὸ ἐπιόν.

(6) οὗτος μὲν δὴ ὁ λόγος ἐνταῦθα ἔληξεν. ἐκ τούτου δὲ ὁ Νικήρατος, Ἀκούοιτ' ἄν, ἔφη, καὶ ἐμοῦ ἃ ἔσεσθε βελτίονες, ἂν ἐμοὶ συνῆτε. ἴστε γὰρ δήπου ὅτι Ὅμηρος ὁ σοφώτατος πεποίηκε σχεδὸν περὶ πάντων τῶν ἀνθρωπίνων. ὅστις ἂν οὖν ὑμῶν βούληται ἢ οἰκονομικὸς ἢ δημηγορικὸς ἢ στρατηγικὸς γενέσθαι ἢ ὅμοιος Ἀχιλλεῖ ἢ Αἴαντι ἢ Νέστορι ἢ Ὀδυσσεῖ, ἐμὲ θεραπευέτω. ἐγὼ γὰρ ταῦτα πάντα ἐπίσταμαι.

Ἦ καὶ βασιλεύειν, ἔφη ὁ Ἀντισθένης, ἐπίστασαι, ὅτι οἶσθα ἐπαινέσαντα αὐτὸν τὸν Ἀγαμέμνονα ὡς βασιλεύς τε εἴη ἀγαθὸς κρατερός τ' αἰχμητής;

Καὶ ναὶ μὰ Δί', ἔφη, ἔγωγε ὅτι ἁρματηλατοῦντα δεῖ ἐγγὺς μὲν τῆς στήλης κάμψαι,

αὐτὸν δὲ κλινθῆναι ἐυξέστου ἐπὶ δίφρου
ἧκ' ἐπ' ἀριστερὰ τοῖιν, ἀτὰρ τὸν δεξιὸν ἵππον
κένσαι ὁμοκλήσαντ' εἶξαί τέ οἱ ἡνία χερσί.

(7) καὶ πρὸς τούτοις γε ἄλλο οἶδα, καὶ ὑμῖν αὐτίκα μάλ' ἔξεστι πειρᾶσθαι. εἶπε γάρ που Ὅμηρος· Ἐπὶ δὲ κρόμυον ποτῷ ὄψον. ἐὰν οὖν ἐνέγκῃ τις κρόμμυον, αὐτίκα μάλα τοῦτό γε ὠφελημένοι ἔσεσθε· ἥδιον γὰρ πιεῖσθε.

(8) καὶ ὁ Χαρμίδης εἶπεν· Ὦ ἄνδρες, ὁ Νικήρατος κρομμύων ὄζων ἐπιθυμεῖ οἴκαδε ἐλθεῖν, ἵν' ἡ γυνὴ αὐτοῦ πιστεύῃ μηδὲ διανοηθῆναι μηδένα ἂν φιλῆσαι αὐτόν.

Νὴ Δί', ἔφη ὁ Σωκράτης, ἀλλ' ἄλλην που δόξαν γελοίαν κίνδυνος ἡμῖν προσλαβεῖν. ὄψον μὲν γὰρ δὴ ὄντως ἔοικεν εἶναι, ὡς κρόμμυόν γε οὐ μόνον σῖτον ἀλλὰ καὶ ποτὸν ἡδύνει. εἰ δὲ δὴ τοῦτο καὶ μετὰ δεῖπνον τρωξόμεθα, ὅπως μὴ φήσῃ τις ἡμᾶς πρὸς Καλλίαν ἐλθόντας ἡδυπαθεῖν. (9) Μηδαμῶς, ἔφη, ὦ Σώκρατες. εἰς μὲν γὰρ μάχην ὁρμωμένῳ καλῶς ἔχει κρόμμυον ὑποτρώγειν, ὥσπερ ἔνιοι τοὺς ἀλεκτρυόνας σκόροδα σιτίσαντες συμβάλλουσιν· ἡμεῖς δὲ ἴσως βουλευόμεθα ὅπως φιλήσομέν τινα μᾶλλον ἢ μαχούμεθα. (10) καὶ οὗτος μὲν δὴ ὁ λόγος οὕτω πως ἐπαύσατο. ὁ δὲ Κριτόβουλος, Οὐκοῦν αὖ ἐγὼ λέξω, ἔφη, ἐξ ὧν ἐπὶ τῷ κάλλει μέγα φρονῶ. Λέγε, ἔφασαν. Εἰ μὲν τοίνυν μὴ καλός εἰμι, ὡς οἴομαι, ὑμεῖς ἂν δικαίως ἀπάτης δίκην ὑπέχοιτε· οὐδενὸς γὰρ ὁρκίζοντος ἀεὶ ὀμνύοντες καλόν μέ φατε εἶναι. κἀγὼ μέντοι πιστεύω. καλοὺς γὰρ καὶ ἀγαθοὺς ὑμᾶς ἄνδρας νομίζω. (11) εἰ δ' εἰμί τε τῷ ὄντι καλὸς καὶ ὑμεῖς τὰ αὐτὰ πρὸς ἐμὲ πάσχετε οἷάπερ ἐγὼ πρὸς τὸν ἐμοὶ δοκοῦντα καλὸν εἶναι, ὄμνυμι πάντας θεοὺς μὴ ἑλέσθαι ἂν τὴν βασιλέως ἀρχὴν ἀντὶ τοῦ καλὸς εἶναι. (12) νῦν γὰρ ἐγὼ Κλεινίαν ἥδιον μὲν θεῶμαι ἢ τἆλλα πάντα τὰ ἐν ἀνθρώποις καλά· τυφλὸς δὲ τῶν ἄλλων ἁπάντων μᾶλλον δεξαίμην ἂν εἶναι ἢ Κλεινίου ἑνὸς ὄντος· ἄχθομαι δὲ καὶ νυκτὶ καὶ ὕπνῳ ὅτι ἐκεῖνον οὐχ ὁρῶ, ἡμέρᾳ δὲ καὶ ἡλίῳ τὴν μεγίστην χάριν οἶδα ὅτι μοι Κλεινίαν ἀναφαίνουσιν. (13) ἄξιόν γε μὴν ἡμῖν τοῖς καλοῖς καὶ ἐπὶ τοῖσδε μέγα φρονεῖν, ὅτι τὸν μὲν ἰσχυρὸν πονοῦντα δεῖ κτᾶσθαι τἀγαθὰ καὶ τὸν ἀνδρεῖον κινδυνεύοντα, τὸν δέ γε σοφὸν λέγοντα· ὁ δὲ καλὸς καὶ ἡσυχίαν ἔχων πάντ' ἂν διαπράξαιτο. (14) ἐγὼ γοῦν καίπερ εἰδὼς ὅτι χρήματα ἡδὺ κτῆμα ἥδιον μὲν ἂν Κλεινίᾳ τὰ ὄντα διδοίην ἢ ἕτερα παρ' ἄλλου λαμβάνοιμι, ἥδιον δ' ἂν δουλεύοιμι ἢ ἐλεύθερος εἴην, εἴ μου Κλεινίας ἄρχειν ἐθέλοι. καὶ γὰρ πονοίην ἂν ῥᾷον ἐκείνῳ ἢ ἀναπαυοίμην, καὶ κινδυνεύοιμ' ἂν πρὸ ἐκείνου ἥδιον ἢ ἀκίνδυνος ζῴην. (15) ὥστε εἰ σύ, ὦ Καλλία, μέγα φρονεῖς ὅτι δικαιοτέρους δύνασαι ποιεῖν, ἐγὼ πρὸς πᾶσαν ἀρετὴν δικαιότερος σοῦ εἰμι ἄγων ἀνθρώπους. διὰ γὰρ τὸ ἐμπνεῖν τι ἡμᾶς τοὺς καλοὺς τοῖς ἐρωτικοῖς ἐλευθεριωτέρους μὲν αὐτοὺς ποιοῦμεν εἰς χρήματα, φιλοπονωτέρους δὲ καὶ φιλοκαλωτέρους ἐν τοῖς κινδύνοις, καὶ μὴν αἰδημονεστέρους τε καὶ ἐγκρατεστέρους, οἵ γε καὶ ὧν δέονται μάλιστα ταῦτ' αἰσχύνονται. (16) μαίνονται δὲ καὶ οἱ μὴ τοὺς καλοὺς στρατηγοὺς αἰρούμενοι. ἐγὼ γοῦν μετὰ Κλεινίου κἂν διὰ πυρὸς ἰοίην· οἶδα δ' ὅτι καὶ ὑμεῖς μετ' ἐμοῦ. ὥστε μηκέτι ἀπόρει, ὦ Σώκρατες, εἴ τι τοὐμὸν κάλλος ἀνθρώπους ὠφελήσει. (17) ἀλλ' οὐδὲ μέντοι ταύτῃ γε ἀτιμαστέον τὸ κάλλος ὡς ταχὺ παρακμάζον, ἐπεὶ ὥσπερ γε παῖς γίγνεται καλός, οὕτω καὶ μειράκιον καὶ ἀνὴρ καὶ πρεσβύτης. τεκμήριον δέ· θαλλοφόρους γὰρ τῇ Ἀθηνᾷ τοὺς καλοὺς γέροντας ἐκλέγονται, ὡς συμπαρομαρτοῦντος πάσῃ ἡλικίᾳ τοῦ κάλλους. (18) εἰ δὲ ἡδὺ τὸ παρ' ἑκόντων διαπράττεσθαι ὧν τις δέοιτο, εὖ οἶδ' ὅτι καὶ νυνὶ θᾶττον ἂν ἐγὼ καὶ σιωπῶν πείσαιμι τὸν παῖδα τόνδε καὶ τὴν παῖδα φιλῆσαί με ἢ σύ, ὦ Σώκρατες, εἰ καὶ πάνυ πολλὰ καὶ σοφὰ λέγοις.

(19) Τί τοῦτο; ἔφη ὁ Σωκράτης· ὡς γὰρ καὶ ἐμοῦ καλλίων ὢν ταῦτα κομπάζεις.

Νὴ Δί', ἔφη ὁ Κριτόβουλος, ἢ πάντων Σειληνῶν τῶν ἐν τοῖς σατυρικοῖς αἴσχιστος ἂν εἴην. [ὁ δὲ Σωκράτης καὶ ἐτύγχανε προσεμφερὴς τούτοις ὤν.]

(20) Ἄγε νυν, ἔφη ὁ Σωκράτης, ὅπως μεμνήσῃ διακριθῆναι περὶ τοῦ κάλλους, ἐπειδὰν οἱ προκείμενοι λόγοι περιέλθωσι. κρινάτω δ' ἡμᾶς μὴ Ἀλέξανδρος ὁ Πριάμου, ἀλλ' αὐτοὶ οὗτοι οὕσπερ σὺ οἴει ἐπιθυμεῖν σε φιλῆσαι.

(21) Κλεινίᾳ δ', ἔφη, ὦ Σώκρατες, οὐκ ἂν ἐπιτρέψαις; καὶ ὃς εἶπεν· Οὐ γὰρ παύσῃ σὺ Κλεινίου μεμνημένος;

Ἂν δὲ μὴ ὀνομάζω, ἧττόν τί με οἴει μεμνῆσθαι αὐτοῦ; οὐκ οἶσθα ὅτι οὕτω σαφὲς ἔχω εἴδωλον αὐτοῦ ἐν τῇ ψυχῇ ὡς εἰ πλαστικὸς ἢ ζωγραφικὸς ἦν, οὐδὲν ἂν ἧττον ἐκ τοῦ εἰδώλου ἢ πρὸς αὐτὸν ὁρῶν ὅμοιον αὐτῷ ἀπειργασάμην;

(22) καὶ ὁ Σωκράτης ὑπέλαβε· Τί δῆτα οὕτως ὅμοιον εἴδωλον ἔχων πράγματά μοι παρέχεις ἄγεις τε αὐτὸν ὅπου ὄψει;

Ὅτι, ὦ Σώκρατες, ἡ μὲν αὐτοῦ ὄψις εὐφραίνειν δύναται, ἡ δὲ τοῦ εἰδώλου τέρψιν μὲν οὐ παρέχει, πόθον δὲ ἐμποιεῖ.

(23) καὶ ὁ Ἑρμογένης εἶπεν· Ἀλλ' ἐγώ, ὦ Σώκρατες, οὐδὲ πρὸς σοῦ ποιῶ τὸ περιιδεῖν Κριτόβουλον οὕτως ὑπὸ τοῦ ἔρωτος ἐκπλαγέντα.

Δοκεῖς γάρ, ἔφη ὁ Σωκράτης, ἐξ οὗ ἐμοὶ σύνεστιν οὕτω διατεθῆναι αὐτόν;

Ἀλλὰ πότε μήν;

Οὐχ ὁρᾷς ὅτι τούτῳ μὲν παρὰ τὰ ὦτα ἄρτι ἴουλος καθέρπει, Κλεινίᾳ δὲ πρὸς τὸ ὄπισθεν ἤδη ἀναβαίνει; οὗτος οὖν συμφοιτῶν εἰς ταὐτὸ διδασκαλεῖον ἐκείνῳ τότε ἰσχυρῶς προσεκαύθη. (24) ἃ δὴ αἰσθόμενος ὁ πατὴρ παρέδωκέ μοι αὐτόν, εἴ τι δυναίμην ὠφελῆσαι. καὶ μέντοι πολὺ βέλτιον ἤδη ἔχει. πρόσθεν μὲν γάρ, ὥσπερ οἱ τὰς Γοργόνας θεώμενοι, λιθίνως ἔβλεπε πρὸς αὐτὸν καὶ [λιθίνως] οὐδαμοῦ ἀπῄει ἀπ' αὐτοῦ· νῦν δὲ ἤδη εἶδον αὐτὸν καὶ σκαρδαμύξαντα. (25) καίτοι νὴ τοὺς θεούς, ὦ ἄνδρες, δοκεῖ μοί γ', ἔφη, ὡς ἐν ἡμῖν αὐτοῖς εἰρῆσθαι, οὗτος καὶ πεφιληκέναι τὸν Κλεινίαν· οὗ ἔρωτος οὐδέν ἐστι δεινότερον ὑπέκκαυμα. καὶ γὰρ ἄπληστον καὶ ἐλπίδας τινὰς γλυκείας παρέχει. (26) [ἴσως δὲ καὶ διὰ τὸ μόνον πάντων ἔργων τὸ τοῖς σώμασι συμψαύειν ὁμώνυμον εἶναι τῷ ταῖς ψυχαῖς φιλεῖσθαι ἐντιμότερόν ἐστιν.] οὗ ἕνεκα ἀφεκτέον ἐγώ φημι εἶναι φιλημάτων <τῶν> ὡραίων τῷ σωφρονεῖν δυνησομένῳ.

(27) καὶ ὁ Χαρμίδης εἶπεν· Ἀλλὰ τί δή ποτε, ὦ Σώκρατες, ἡμᾶς μὲν οὕτω τοὺς φίλους μορμολύττῃ ἀπὸ τῶν καλῶν, αὐτὸν δέ σε, ἔφη, ἐγὼ εἶδον ναὶ μὰ τὸν Ἀπόλλω, ὅτε παρὰ τῷ γραμματιστῇ ἐν τῷ αὐτῷ βιβλίῳ ἀμφότεροι ἐμαστεύετέ τι, τὴν κεφαλὴν πρὸς τῇ κεφαλῇ καὶ τὸν ὦμον γυμνὸν πρὸς γυμνῷ τῷ Κριτοβούλου ὤμῳ ἔχοντα.

(28) καὶ ὁ Σωκράτης, Φεῦ, ἔφη, ταῦτ' ἄρα[, ἔφη,] ἐγὼ ὥσπερ ὑπὸ θηρίου τινὸς δεδηγμένος τόν τε ὦμον πλεῖν ἢ πέντε ἡμέρας ὤδαξον καὶ ἐν τῇ καρδίᾳ ὥσπερ κνῆσμά τι ἐδόκουν ἔχειν. ἀλλὰ νῦν τοί σοι, ἔφη, ὦ Κριτόβουλε, ἐναντίον τοσούτων μαρτύρων προαγορεύω μὴ ἅπτεσθαί μου πρὶν ἂν τὸ γένειον τῇ κεφαλῇ ὁμοίως κομήσῃς.

Καὶ οὗτοι μὲν δὴ οὕτως ἀναμὶξ ἔσκωψάν τε καὶ ἐσπούδασαν. (29) ὁ δὲ Καλλίας, Σὸν μέρος, ἔφη, λέγειν, ὦ Χαρμίδη, δι' ὅ τι ἐπὶ πενίᾳ μέγα φρονεῖς.

Οὐκοῦν τόδε μέν, ἔφη, ὁμολογεῖται, κρεῖττον εἶναι θαρρεῖν ἢ φοβεῖσθαι καὶ ἐλεύθερον εἶναι μᾶλλον ἢ δουλεύειν καὶ θεραπεύεσθαι μᾶλλον ἢ θεραπεύειν καὶ πιστεύεσθαι ὑπὸ τῆς πατρίδος μᾶλλον ἢ ἀπιστεῖσθαι. (30) ἐγὼ τοίνυν ἐν τῇδε τῇ πόλει ὅτε μὲν πλούσιος ἦν πρῶτον μὲν ἐφοβούμην μή τίς μου τὴν οἰκίαν διορύξας καὶ τὰ χρήματα λάβοι καὶ αὐτόν τί με κακὸν ἐργάσαιτο· ἔπειτα δὲ καὶ τοὺς συκοφάντας ἐθεράπευον, εἰδὼς ὅτι παθεῖν μᾶλλον κακῶς ἱκανὸς εἴην ἢ ποιῆσαι ἐκείνους. καὶ γὰρ δὴ καὶ προσετάττετο μὲν ἀεί τί μοι δαπανᾶν ὑπὸ τῆς πόλεως, ἀποδημῆσαι δὲ οὐδαμοῦ ἐξῆν. (31) νῦν δ' ἐπειδὴ τῶν ὑπερορίων στέρομαι καὶ τὰ ἔγγεια οὐ καρποῦμαι καὶ τὰ ἐκ τῆς οἰκίας πέπραται, ἡδέως μὲν καθεύδω ἐκτεταμένος, πιστὸς δὲ τῇ πόλει γεγένημαι, οὐκέτι δὲ ἀπειλοῦμαι, ἀλλ' ἤδη ἀπειλῶ ἄλλοις, ὡς ἐλευθέρῳ τε ἔξεστί μοι καὶ ἀποδημεῖν καὶ ἐπιδημεῖν· ὑπανίστανται δέ μοι ἤδη καὶ θάκων καὶ ὁδῶν ἐξίστανται οἱ πλούσιοι. (32) καὶ εἰμὶ νῦν μὲν τυράννῳ ἐοικώς, τότε δὲ σαφῶς δοῦλος ἦν· καὶ τότε μὲν ἐγὼ φόρον ἀπέφερον τῷ δήμῳ, νῦν δὲ ἡ πόλις τέλος φέρουσα τρέφει με. ἀλλὰ καὶ Σωκράτει, ὅτε μὲν πλούσιος ἦν, ἐλοιδόρουν με ὅτι συνῆν, νῦν δ' ἐπεὶ πένης γεγένημαι, οὐκέτι οὐδὲν μέλει οὐδενί. καὶ μὴν ὅτε μέν γε πολλὰ εἶχον, ἀεί τι ἀπέβαλλον ἢ ὑπὸ τῆς πόλεως ἢ ὑπὸ τῆς τύχης· νῦν δὲ ἀποβάλλω μὲν οὐδέν (οὐδὲ γὰρ ἔχω), ἀεὶ δέ τι λήψεσθαι ἐλπίζω.

(33) Οὐκοῦν, ἔφη ὁ Καλλίας, καὶ εὔχῃ μηδέποτε πλουτεῖν, καὶ ἐάν τι ὄναρ ἀγαθὸν ἴδῃς, τοῖς ἀποτροπαίοις θύεις;

Μὰ Δία τοῦτο μέντοι, ἔφη, ἐγὼ οὐ ποιῶ, ἀλλὰ μάλα φιλοκινδύνως ὑπομένω, ἄν ποθέν τι ἐλπίζω λήψεσθαι.

(34) Ἀλλ' ἄγε δή, ἔφη ὁ Σωκράτης, σὺ αὖ λέγε ἡμῖν, ὦ Ἀντίσθενες, πῶς οὕτω βραχέα ἔχων μέγα φρονεῖς ἐπὶ πλούτῳ.

Ὅτι νομίζω, ὦ ἄνδρες, τοὺς ἀνθρώπους οὐκ ἐν τῷ οἴκῳ τὸν πλοῦτον καὶ τὴν πενίαν ἔχειν ἀλλ' ἐν ταῖς ψυχαῖς. (35) ὁρῶ γὰρ πολλοὺς μὲν ἰδιώτας, οἳ πάνυ πολλὰ ἔχοντες χρήματα οὕτω πένεσθαι ἡγοῦνται ὥστε πάντα μὲν πόνον, πάντα δὲ κίνδυνον ὑποδύονται, ἐφ' ᾧ πλείω κτήσονται, οἶδα δὲ καὶ ἀδελφούς, οἳ τὰ ἴσα λαχόντες ὁ μὲν αὐτῶν τἀρκοῦντα ἔχει καὶ περιττεύοντα τῆς δαπάνης, ὁ δὲ τοῦ παντὸς ἐνδεῖται· (36) αἰσθάνομαι δὲ καὶ τυράννους τινάς, οἳ οὕτω πεινῶσι χρημάτων ὥστε ποιοῦσι πολὺ δεινότερα τῶν ἀπορωτάτων· δι' ἔνδειαν μὲν γὰρ δήπου οἱ μὲν κλέπτουσιν, οἱ δὲ τοιχωρυχοῦσιν, οἱ δὲ ἀνδραποδίζονται· τύραννοι δ' εἰσί τινες οἳ ὅλους μὲν οἴκους ἀναιροῦσιν, ἀθρόους δ' ἀποκτείνουσι, πολλάκις δὲ καὶ ὅλας πόλεις χρημάτων ἕνεκα ἐξανδραποδίζονται. (37) τούτους μὲν οὖν ἔγωγε καὶ πάνυ οἰκτίρω τῆς ἄγαν χαλεπῆς νόσου. ὅμοια γάρ μοι δοκοῦσι πάσχειν ὥσπερ εἴ τις πολλὰ ἔχων καὶ πολλὰ ἐσθίων μηδέποτε ἐμπίμπλαιτο. ἐγὼ δὲ οὕτω μὲν πολλὰ ἔχω ὡς μόλις αὐτὰ καὶ [ἐγὼ ἂν] αὐτὸς εὑρίσκω· ὅμως δὲ περίεστί μοι καὶ ἐσθίοντι ἄχρι τοῦ μὴ πεινῆν ἀφικέσθαι καὶ πίνοντι μέχρι τοῦ μὴ διψῆν καὶ ἀμφιέννυσθαι ὥστε ἔξω μὲν μηδὲν μᾶλλον Καλλίου τούτου τοῦ πλουσιωτάτου ῥιγοῦν· (38) ἐπειδάν γε μὴν ἐν τῇ οἰκίᾳ γένωμαι, πάνυ μὲν ἀλεεινοὶ χιτῶνες οἱ τοῖχοί μοι δοκοῦσιν εἶναι, πάνυ δὲ παχεῖαι ἐφεστρίδες οἱ ὄροφοι, στρωμνήν γε μὴν οὕτως ἀρκοῦσαν ἔχω ὥστ' ἔργον μέγ' ἐστὶ καὶ ἀνεγεῖραι. ἂν δέ ποτε καὶ ἀφροδισιάσαι τὸ σῶμά μου δεηθῇ, οὕτω μοι τὸ παρὸν ἀρκεῖ ὥστε αἷς ἂν προσέλθω ὑπερασπάζονταί με διὰ τὸ μηδένα ἄλλον αὐταῖς ἐθέλειν προσιέναι. (39) καὶ πάντα τοίνυν ταῦτα οὕτως ἡδέα μοι δοκεῖ εἶναι ὡς μᾶλλον μὲν ἥδεσθαι ποιῶν ἕκαστα αὐτῶν οὐκ ἂν εὐξαίμην, ἧττον δέ· οὕτω μοι δοκεῖ ἔνια αὐτῶν ἡδίω εἶναι τοῦ συμφέροντος. (40) πλείστου δ' ἄξιον κτῆμα ἐν τῷ ἐμῷ πλούτῳ λογίζομαι εἶναι ἐκεῖνο, ὅτι εἴ μού τις καὶ τὰ νῦν ὄντα παρέλοιτο, οὐδὲν οὕτως ὁρῶ φαῦλον ἔργον ὁποῖον οὐκ ἀρκοῦσαν ἂν τροφὴν ἐμοὶ παρέχοι. (41) καὶ γὰρ ὅταν ἡδυπαθῆσαι βουληθῶ, οὐκ ἐκ τῆς ἀγορᾶς τὰ τίμια ὠνοῦμαι (πολυτελῆ γὰρ γίγνεται), ἀλλ' ἐκ τῆς ψυχῆς ταμιεύομαι. καὶ πολὺ πλέον διαφέρει πρὸς ἡδονήν, ὅταν ἀναμείνας τὸ δεηθῆναι προσφέρωμαι ἢ ὅταν τινὶ τῶν τιμίων χρῶμαι, ὥσπερ καὶ νῦν τῷδε τῷ Θασίῳ οἴνῳ ἐντυχὼν οὐ διψῶν πίνω αὐτόν. (42) ἀλλὰ μὴν καὶ πολὺ δικαιοτέρους γε εἰκὸς εἶναι τοὺς εὐτέλειαν μᾶλλον ἢ πολυχρηματίαν σκοποῦντας. οἷς γὰρ μάλιστα τὰ παρόντα ἀρκεῖ ἥκιστα τῶν ἀλλοτρίων ὀρέγονται. (43) ἄξιον δ' ἐννοῆσαι ὡς καὶ ἐλευθερίους ὁ τοιοῦτος πλοῦτος παρέχεται. Σωκράτης τε γὰρ οὗτος παρ' οὗ ἐγὼ τοῦτον ἐκτησάμην οὔτ' ἀριθμῷ οὔτε σταθμῷ ἐπήρκει μοι, ἀλλ' ὁπόσον ἐδυνάμην φέρεσθαι, τοσοῦτόν μοι παρεδίδου· ἐγώ τε νῦν οὐδενὶ φθονῶ, ἀλλὰ πᾶσι τοῖς φίλοις καὶ ἐπιδεικνύω τὴν ἀφθονίαν καὶ μεταδίδωμι τῷ βουλομένῳ τοῦ ἐν τῇ ἐμῇ ψυχῇ πλούτου. (44) καὶ μὴν καὶ τὸ ἁβρότατόν γε κτῆμα, τὴν σχολὴν ἀεὶ ὁρᾶτέ μοι παροῦσαν, ὥστε καὶ θεᾶσθαι τὰ ἀξιοθέατα καὶ ἀκούειν τὰ ἀξιάκουστα καὶ ὃ πλείστου ἐγὼ τιμῶμαι, Σωκράτει σχολάζων συνδιημερεύειν. καὶ οὗτος δὲ οὐ τοὺς πλεῖστον ἀριθμοῦντας χρυσίον θαυμάζει, ἀλλ' οἳ ἂν αὐτῷ ἀρέσκωσι τούτοις συνὼν διατελεῖ.

οὗτος μὲν οὖν οὕτως εἶπεν. (45) ὁ δὲ Καλλίας, Νὴ τὴν Ἥραν, ἔφη, τά τε ἄλλα ζηλῶ σε τοῦ πλούτου καὶ ὅτι οὔτε ἡ πόλις σοι ἐπιτάττουσα ὡς δούλῳ χρῆται οὔτε οἱ ἄνθρωποι, ἂν μὴ δανείσῃς, ὀργίζονται.

Ἀλλὰ μὰ Δί', ἔφη ὁ Νικήρατος, μὴ ζήλου· ἐγὼ γὰρ ἥξω παρ' αὐτοῦ δανεισάμενος τὸ μηδενὸς προσδεῖσθαι, οὕτω πεπαιδευμένος ὑπὸ Ὁμήρου ἀριθμεῖν

ἕπτ' ἀπύρους τρίποδας, δέκα δὲ χρυσοῖο τάλαντα,
αἴθωνας δὲ λέβητας ἐείκοσι, δώδεκα δ' ἵππους

σταθμῷ καὶ ἀριθμῷ, ὡς πλείστου πλούτου ἐπιθυμῶν οὐ παύομαι· ἐξ ὧν ἴσως καὶ φιλοχρηματώτερός τισι δοκῶ εἶναι.

ἔνθα δὴ ἀνεγέλασαν ἅπαντες, νομίζοντες τὰ ὄντα εἰρηκέναι αὐτόν.

(46) ἐκ τούτου εἶπέ τις· Σὸν ἔργον, ὦ Ἑρμόγενες, λέγειν τε τοὺς φίλους οἵτινές εἰσι καὶ ἐπιδεικνύναι ὡς μέγα τε δύνανται καὶ σοῦ ἐπιμέλονται, ἵνα δοκῇς δικαίως ἐπ' αὐτοῖς μέγα φρονεῖν.

(47) Οὐκοῦν ὡς μὲν καὶ Ἕλληνες καὶ βάρβαροι τοὺς θεοὺς

ἡγοῦνται πάντα εἰδέναι τά τε ὄντα καὶ τὰ μέλλοντα εὔδηλον. πᾶσαι γοῦν αἱ πόλεις καὶ πάντα τὰ ἔθνη διὰ μαντικῆς ἐπερωτῶσι τοὺς θεοὺς τί τε χρὴ καὶ τί οὐ χρὴ ποιεῖν. καὶ μὴν ὅτι νομίζομέν γε δύνασθαι αὐτοὺς καὶ εὖ καὶ κακῶς ποιεῖν καὶ τοῦτο σαφές. πάντες γοῦν αἰτοῦνται τοὺς θεοὺς τὰ μὲν φαῦλα ἀποτρέπειν, τἀγαθὰ δὲ διδόναι. (48) οὗτοι τοίνυν οἱ πάντα μὲν εἰδότες πάντα δὲ δυνάμενοι θεοὶ οὕτω μοι φίλοι εἰσὶν ὥστε διὰ τὸ ἐπιμελεῖσθαί μου οὔποτε λήθω αὐτοὺς οὔτε νυκτὸς οὔθ' ἡμέρας οὔθ' ὅποι ἂν ὁρμῶμαι οὔθ' ὅ τι ἂν μέλλω πράττειν. διὰ δὲ τὸ προειδέναι καὶ ὅ τι ἐξ ἑκάστου ἀποβήσεται σημαίνουσί μοι πέμποντες ἀγγέλους φήμας καὶ ἐνύπνια καὶ οἰωνοὺς ἅ τε δεῖ καὶ ἃ οὐ χρὴ ποιεῖν, οἷς ἐγὼ ὅταν μὲν πείθωμαι, οὐδέποτέ μοι μεταμέλει· ἤδη δέ ποτε καὶ ἀπιστήσας ἐκολάσθην.

(49) καὶ ὁ Σωκράτης εἶπεν· Ἀλλὰ τούτων μὲν οὐδὲν ἄπιστον. ἐκεῖνο μέντοι ἔγωγε ἡδέως ἂν πυθοίμην, πῶς αὐτοὺς θεραπεύων οὕτω φίλους ἔχεις.

Ναὶ μὰ τὸν Δί', ἔφη ὁ Ἑρμογένης, καὶ μάλα εὐτελῶς. ἐπαινῶ τε γὰρ αὐτοὺς οὐδὲν δαπανῶν, ὧν τε διδόασιν ἀεὶ αὖ παρέχομαι, εὐφημῶ τε ὅσα ἂν δύνωμαι καὶ ἐφ' οἷς ἂν αὐτοὺς μάρτυρας ποιήσωμαι ἑκὼν οὐδὲν ψεύδομαι.

Νὴ Δί', ἔφη ὁ Σωκράτης, εἰ ἄρα τοιοῦτος ὢν φίλους αὐτοὺς ἔχεις, καὶ οἱ θεοί, ὡς ἔοικε, καλοκἀγαθίᾳ ἥδονται.

(50) οὗτος μὲν δὴ ὁ λόγος οὕτως ἐσπουδαιολογήθη.

ἐπειδὴ δὲ εἰς τὸν Φίλιππον ἦκον, ἠρώτων αὐτὸν τί ὁρῶν ἐν τῇ γελωτοποιίᾳ μέγα ἐπ' αὐτῇ φρονοίη.

Οὐ γὰρ ἄξιον, ἔφη, ὁπότε γε πάντες εἰδότες ὅτι γελωτοποιός εἰμι, ὅταν μέν τι ἀγαθὸν ἔχωσι, παρακαλοῦσί με ἐπὶ ταῦτα προθύμως, ὅταν δέ τι κακὸν λάβωσι, φεύγουσιν ἀμεταστρεπτί, φοβούμενοι μὴ καὶ ἄκοντες γελάσωσι;

(51) καὶ ὁ Νικήρατος εἶπε· Νὴ Δία, σὺ τοίνυν δικαίως μέγα φρονεῖς. ἐμοὶ γὰρ αὖ τῶν φίλων οἱ μὲν εὖ πράττοντες ἐκποδὼν ἀπέρχονται, οἳ δ' ἂν κακόν τι λάβωσι, γενεαλογοῦσι τὴν συγγένειαν καὶ οὐδέποτέ μου ἀπολείπονται.

(52) Εἶεν· σὺ δὲ δή, ἔφη ὁ Χαρμίδης, ὦ Συρακόσιε, ἐπὶ τῷ μέγα φρονεῖς; ἢ δῆλον ὅτι ἐπὶ τῷ παιδί;
Μὰ τὸν Δί', ἔφη, οὐ μὲν δή· ἀλλὰ καὶ δέδοικα περὶ αὐτοῦ ἰσχυρῶς. αἰσθάνομαι γάρ τινας ἐπιβουλεύοντας διαφθεῖραι αὐτόν.
(53) καὶ ὁ Σωκράτης ἀκούσας, Ἡράκλεις, ἔφη, τί τοσοῦτον νομίζοντες ἠδικῆσθαι ὑπὸ τοῦ σοῦ παιδὸς ὥστε ἀποκτεῖναι αὐτὸν βούλεσθαι;
Ἀλλ' οὗτοι, ἔφη, ἀποκτεῖναι βούλονται, ἀλλὰ πεῖσαι αὐτὸν συγκαθεύδειν αὐτοῖς.
Σὺ δ', ὡς ἔοικας, εἰ τοῦτο γένοιτο, νομίζεις ἂν διαφθαρῆναι αὐτόν;
Ναὶ μὰ Δί', ἔφη, παντάπασί γε.
(54) Οὐδ' αὐτὸς ἄρ', ἔφη, συγκαθεύδεις αὐτῷ;
Νὴ Δί' ὅλας γε καὶ πάσας τὰς νύκτας.
Νὴ τὴν Ἥραν, ἔφη ὁ Σωκράτης, εὐτύχημά γέ σου μέγα τὸ τὸν χρῶτα τοιοῦτον φῦναι ἔχοντα ὥστε μόνον μὴ διαφθείρειν τοὺς συγκαθεύδοντας. ὥστε σοί γε εἰ μὴ ἐπ' ἄλλῳ ἀλλ' ἐπὶ τῷ χρωτὶ ἄξιον μέγα φρονεῖν.
(55) Ἀλλὰ μὰ Δί', ἔφη, οὐκ ἐπὶ τούτῳ μέγα φρονῶ.
Ἀλλ' ἐπὶ τῷ μήν;
Ἐπὶ νὴ Δία τοῖς ἄφροσιν. οὗτοι γὰρ τὰ ἐμὰ νευρόσπαστα θεώμενοι τρέφουσί με.
Ταῦτ' ἄρ', ἔφη ὁ Φίλιππος, καὶ πρῴην ἐγώ σου ἤκουον εὐχομένου πρὸς τοὺς θεοὺς ὅπου ἂν ᾖς διδόναι καρποῦ μὲν ἀφθονίαν, φρενῶν δὲ ἀφορίαν.
(56) Εἶεν, ἔφη ὁ Καλλίας· σὺ δὲ δή, ὦ Σώκρατες, τί ἔχεις εἰπεῖν ὡς ἄξιόν σοί ἐστι μέγα φρονεῖν ἐφ' ᾗ εἶπας οὕτως ἀδόξῳ οὔσῃ τέχνῃ;
καὶ ὃς εἶπεν· Ὁμολογησώμεθα πρῶτον ποῖά ἐστιν ἔργα τοῦ μαστροποῦ· καὶ ὅσα ἂν ἐρωτῶ, μὴ ὀκνεῖτε ἀποκρίνεσθαι, ἵνα εἰδῶμεν ὅσα ἂν συνομολογῶμεν. καὶ ὑμῖν οὕτω δοκεῖ; ἔφη.
Πάνυ μὲν οὖν, ἔφασαν. ὡς δ' ἅπαξ εἶπαν Πάνυ μὲν οὖν, τοῦτο πάντες ἐκ τοῦ λοιποῦ ἀπεκρίναντο.

(57) Οὐκοῦν ἀγαθοῦ μέν, ἔφη, ὑμῖν δοκεῖ μαστροποῦ ἔργον εἶναι ἣν ἂν ἢ ὃν ἂν μαστροπεύῃ ἀρέσκοντα τοῦτον ἀποδεικνύναι οἷς ἂν συνῇ;
Πάνυ μὲν οὖν, ἔφασαν.
Οὐκοῦν ἓν μέν τί ἐστιν εἰς τὸ ἀρέσκειν ἐκ τοῦ πρέπουσαν ἔχειν σχέσιν καὶ τριχῶν καὶ ἐσθῆτος;
Πάνυ μὲν οὖν, ἔφασαν.
(58) Οὐκοῦν καὶ τόδε ἐπιστάμεθα, ὅτι ἔστιν ἀνθρώπῳ τοῖς αὐτοῖς ὄμμασι καὶ φιλικῶς καὶ ἐχθρῶς πρός τινας βλέπειν;
Πάνυ μὲν οὖν.
Τί δέ, τῇ αὐτῇ φωνῇ ἔστι καὶ αἰδημόνως καὶ θρασέως φθέγγεσθαι;
Πάνυ μὲν οὖν.
Τί δέ, λόγοι οὐκ εἰσὶ μέν τινες ἀπεχθανόμενοι, εἰσὶ δέ τινες οἳ πρὸς φιλίαν ἄγουσι;
Πάνυ μὲν οὖν.
(59) Οὐκοῦν τούτων ὁ ἀγαθὸς μαστροπὸς τὰ συμφέροντα εἰς τὸ ἀρέσκειν διδάσκοι ἄν;
Πάνυ μὲν οὖν.
Ἀμείνων δ' ἂν εἴη, ἔφη, ὁ ἑνὶ δυνάμενος ἀρεστοὺς ποιεῖν ἢ ὅστις καὶ πολλοῖς;
ἐνταῦθα μέντοι ἐσχίσθησαν, καὶ οἱ μὲν εἶπον Δῆλον ὅτι ὅστις πλείστοις, οἱ δὲ Πάνυ μὲν οὖν.
(60) ὁ δ' εἰπὼν ὅτι καὶ τοῦτο ὁμολογεῖται ἔφη· Εἰ δέ τις καὶ ὅλῃ τῇ πόλει ἀρέσκοντας δύναιτο ἀποδεικνύναι, οὐχ οὗτος παντελῶς ἂν ἤδη ἀγαθὸς μαστροπὸς εἴη;
Σαφῶς γε νὴ Δία, πάντες εἶπον.
Οὐκοῦν εἴ τις τοιούτους δύναιτο ἐξεργάζεσθαι ὧν προστατοίη, δικαίως ἂν μέγα φρονοίη ἐπὶ τῇ τέχνῃ καὶ δικαίως ἂν πολὺν μισθὸν λαμβάνοι;
(61) ἐπεὶ δὲ καὶ ταῦτα πάντες συνωμολόγουν, Τοιοῦτος μέντοι, ἔφη, μοι δοκεῖ Ἀντισθένης εἶναι οὗτος.
καὶ ὁ Ἀντισθένης, Ἐμοί, ἔφη, παραδίδως, ὦ Σώκρατες, τὴν

τέχνην;
   Ναὶ μὰ Δί', ἔφη. ὁρῶ γάρ σε καὶ τὴν ἀκόλουθον ταύτης πάνυ ἐξειργασμένον.
   Τίνα ταύτην;
   Τὴν προαγωγείαν, ἔφη.

(62) καὶ ὃς μάλα ἀχθεσθεὶς ἐπήρετο· Καὶ τί μοι σύνοισθα, ὦ Σώκρατες, τοιοῦτον εἰργασμένῳ;
   Οἶδα μέν, ἔφη, σε Καλλίαν τουτονὶ προαγωγεύσαντα τῷ σοφῷ Προδίκῳ, ὅτε ἑώρας τοῦτον μὲν φιλοσοφίας ἐρῶντα, ἐκεῖνον δὲ χρημάτων δεόμενον· οἶδα δέ σε Ἱππίᾳ τῷ Ἠλείῳ, παρ' οὗ οὗτος καὶ τὸ μνημονικὸν ἔμαθεν· ἀφ' οὗ δὴ καὶ ἐρωτικώτερος γεγένηται διὰ τὸ ὅ τι ἂν καλὸν ἴδῃ μηδέποτε ἐπιλανθάνεσθαι. (63) ἔναγχος δὲ δήπου καὶ πρὸς ἐμὲ ἐπαινῶν τὸν Ἡρακλεώτην ξένον ἐπεί με ἐποίησας ἐπιθυμεῖν αὐτοῦ, συνέστησάς μοι αὐτόν. καὶ χάριν μέντοι σοι ἔχω· πάνυ γὰρ καλὸς κἀγαθὸς δοκεῖ μοι εἶναι. Αἰσχύλον δὲ τὸν Φλειάσιον πρὸς ἐμὲ ἐπαινῶν καὶ ἐμὲ πρὸς ἐκεῖνον οὐχ οὕτω διέθηκας ὥστε διὰ τοὺς σοὺς λόγους ἐρῶντες ἐκυνοδρομοῦμεν ἀλλήλους ζητοῦντες; (64) ταῦτα οὖν ὁρῶν δυνάμενόν σε ποιεῖν ἀγαθὸν νομίζω προαγωγὸν εἶναι. ὁ γὰρ οἷός τε ὢν γιγνώσκειν τε τοὺς ὠφελίμους αὐτοῖς καὶ τούτους δυνάμενος ποιεῖν ἐπιθυμεῖν ἀλλήλων, οὗτος ἄν μοι δοκεῖ καὶ πόλεις δύνασθαι φίλας ποιεῖν καὶ γάμους ἐπιτηδείους συνάγειν, καὶ πολλοῦ ἂν ἄξιος εἶναι καὶ πόλεσι καὶ φίλοις καὶ συμμάχοις κεκτῆσθαι. σὺ δὲ ὡς κακῶς ἀκούσας ὅτι ἀγαθόν σε ἔφην προαγωγὸν εἶναι, ὠργίσθης.
   Ἀλλὰ μὰ Δί', ἔφη, οὐ νῦν. ἐὰν γὰρ ταῦτα δύνωμαι, σεσαγμένος δὴ παντάπασι πλούτου τὴν ψυχὴν ἔσομαι.
   καὶ αὕτη μὲν δὴ ἡ περίοδος τῶν λόγων ἀπετελέσθη.

V. Ὁ δὲ Καλλίας ἔφη· Σὺ δὲ δή, ὦ Κριτόβουλε, εἰς τὸν περὶ τοῦ κάλλους ἀγῶνα πρὸς Σωκράτην οὐκ ἀνθίστασαι;
   Νὴ Δί', ἔφη ὁ Σωκράτης, ἴσως γὰρ εὐδοκιμοῦντα τὸν μαστροπὸν παρὰ τοῖς κριταῖς ὁρᾷ.
   (2) Ἀλλ' ὅμως, ἔφη ὁ Κριτόβουλος, οὐκ ἀναδύομαι· ἀλλὰ

δίδασκε, εἴ τι ἔχεις σοφόν, ὡς καλλίων εἶ ἐμοῦ. μόνον, ἔφη, τὸν λαμπτῆρα ἐγγὺς προσενεγκάτω.

Εἰς ἀνάκρισιν τοίνυν σε, ἔφη, πρῶτον τῆς δίκης καλοῦμαι· ἀλλ' ἀποκρίνου.

(3) Σὺ δέ γε ἐρώτα.

Πότερον οὖν ἐν ἀνθρώπῳ μόνον νομίζεις τὸ καλὸν εἶναι ἢ καὶ ἐν ἄλλῳ τινί;

Ἐγὼ μὲν ναὶ μὰ Δί', ἔφη, καὶ ἐν ἵππῳ καὶ βοῒ καὶ ἐν ἀψύχοις πολλοῖς. οἶδα γοῦν οὖσαν καὶ ἀσπίδα καλὴν καὶ ξίφος καὶ δόρυ.

(4) Καὶ πῶς, ἔφη, οἷόν τε ταῦτα μηδὲν ὅμοια ὄντα ἀλλήλοις πάντα καλὰ εἶναι;

Ἂν νὴ Δί', ἔφη, πρὸς τὰ ἔργα ὧν ἕνεκα ἕκαστα κτώμεθα εὖ εἰργασμένα ᾖ ἢ εὖ πεφυκότα πρὸς ἃ ἂν δεώμεθα, καὶ ταῦτ', ἔφη ὁ Κριτόβουλος, καλά.

(5) Οἶσθα οὖν, ἔφη, ὀφθαλμῶν τίνος ἕνεκα δεόμεθα;

Δῆλον, ἔφη, ὅτι τοῦ ὁρᾶν.

Οὕτω μὲν τοίνυν ἤδη οἱ ἐμοὶ ὀφθαλμοὶ καλλίονες ἂν τῶν σῶν εἴησαν.

Πῶς δή;

Ὅτι οἱ μὲν σοὶ τὸ κατ' εὐθὺ μόνον ὁρῶσιν, οἱ δὲ ἐμοὶ καὶ τὸ ἐκ πλαγίου διὰ τὸ ἐπιπόλαιοι εἶναι.

Λέγεις σύ, ἔφη, καρκίνον εὐοφθαλμότατον εἶναι τῶν ζῴων;

Πάντως δήπου, ἔφη· ἐπεὶ καὶ πρὸς ἰσχὺν τοὺς ὀφθαλμοὺς ἄριστα πεφυκότας ἔχει.

(6) Εἶεν, ἔφη, τῶν δὲ ῥινῶν ποτέρα καλλίων, ἡ σὴ ἢ ἡ ἐμή;

Ἐγὼ μέν, ἔφη, οἶμαι τὴν ἐμήν, εἴπερ γε τοῦ ὀσφραίνεσθαι ἕνεκεν ἐποίησαν ἡμῖν ῥῖνας οἱ θεοί. οἱ μὲν γὰρ σοὶ μυκτῆρες εἰς γῆν ὁρῶσιν, οἱ δὲ ἐμοὶ ἀναπέπτανται, ὥστε τὰς πάντοθεν ὀσμὰς προσδέχεσθαι.

Τὸ δὲ δὴ σιμὸν τῆς ῥινὸς πῶς τοῦ ὀρθοῦ κάλλιον;

Ὅτι, ἔφη, οὐκ ἀντιφράττει, ἀλλ' ἐᾷ εὐθὺς τὰς ὄψεις ὁρᾶν ἃ ἂν βούλωνται· ἡ δὲ ὑψηλὴ ῥὶς ὥσπερ ἐπηρεάζουσα διατετείχικε τὰ

ὄμματα.
(7) Τοῦ γε μὴν στόματος, ἔφη ὁ Κριτόβουλος, ὑφίεμαι. εἰ γὰρ τοῦ ἀποδάκνειν ἕνεκα πεποίηται, πολὺ ἂν σὺ μεῖζον ἢ ἐγὼ ἀποδάκοις. διὰ δὲ τὸ παχέα ἔχειν τὰ χείλη οὐκ οἴει καὶ μαλακώτερόν σου ἔχειν τὸ φίλημα;
Ἔοικα, ἔφη, ἐγὼ κατὰ τὸν σὸν λόγον καὶ τῶν ὄνων αἴσχιον τὸ στόμα ἔχειν. ἐκεῖνο δὲ οὐδὲν τεκμήριον λογίζῃ, ὡς ἐγὼ σοῦ καλλίων εἰμί, ὅτι καὶ Ναΐδες θεοὶ οὖσαι τοὺς Σειληνοὺς ἐμοὶ ὁμοιοτέρους τίκτουσιν ἢ σοί;
(8) καὶ ὁ Κριτόβουλος, Οὐκέτι, ἔφη, ἔχω πρὸς σὲ ἀντιλέγειν, ἀλλὰ διαφερόντων, ἔφη, τὰς ψήφους, ἵνα ὡς τάχιστα εἰδῶ ὅ τι με χρὴ παθεῖν ἢ ἀποτεῖσαι. μόνον, ἔφη, κρυφῇ φερόντων· δέδοικα γὰρ τὸν σὸν καὶ Ἀντισθένους πλοῦτον μή με καταδυναστεύσῃ.
(9) ἡ μὲν δὴ παῖς καὶ ὁ παῖς κρύφα ἀνέφερον. ὁ δὲ Σωκράτης ἐν τούτῳ διέπραττε τόν τε λύχνον ἀντιπροσενεγκεῖν τῷ Κριτοβούλῳ, ὡς μὴ ἐξαπατηθείησαν οἱ κριταί, καὶ τῷ νικήσαντι μὴ ταινίας ἀλλὰ φιλήματα ἀναδήματα παρὰ τῶν κριτῶν γενέσθαι.
(10) ἐπεὶ δὲ ἐξέπεσον αἱ ψῆφοι καὶ ἐγένοντο πᾶσαι σὺν Κριτοβούλῳ, Παπαῖ, ἔφη ὁ Σωκράτης, οὐχ ὅμοιον ἔοικε τὸ σὸν ἀργύριον, ὦ Κριτόβουλε, τῷ Καλλίου εἶναι. τὸ μὲν γὰρ τούτου δικαιοτέρους ποιεῖ, τὸ δὲ σὸν ὥσπερ τὸ πλεῖστον διαφθείρειν ἱκανόν ἐστι καὶ δικαστὰς καὶ κριτάς.

VI. Ἐκ δὲ τούτου οἱ μὲν τὰ νικητήρια φιλήματα ἀπολαμβάνειν τὸν Κριτόβουλον ἐκέλευον, οἱ δὲ τὸν κύριον πείθειν, οἱ δὲ καὶ ἄλλα ἔσκωπτον. ὁ δὲ Ἑρμογένης κἀνταῦθα ἐσιώπα. καὶ ὁ Σωκράτης ὀνομάσας αὐτόν, Ἔχοις ἄν, ἔφη, ὦ Ἑρμόγενες, εἰπεῖν ἡμῖν τί ἐστὶ παροινία;
καὶ ὃς ἀπεκρίνατο· Εἰ μὲν ὅ τι ἐστὶν ἐρωτᾷς, οὐκ οἶδα· τὸ μέντοι μοι δοκοῦν εἴποιμ' ἄν.
(2) Ἀλλ', ὃ δοκεῖ, τοῦτ', ἔφη.
Τὸ τοίνυν παρ' οἶνον λυπεῖν τοὺς συνόντας, τοῦτ' ἐγὼ κρίνω

παροινίαν.

Οἶσθ' οὖν, ἔφη, ὅτι καὶ σὺ νῦν ἡμᾶς λυπεῖς σιωπῶν;

Ἦ καὶ ὅταν λέγητ'; ἔφη.

Οὐκ ἀλλ' ὅταν διαλίπωμεν.

Ἦ οὖν λέληθέ σε ὅτι μεταξὺ τοῦ ὑμᾶς λέγειν οὐδ' ἂν τρίχα, μὴ ὅτι λόγον ἄν τις παρείρειε;

(3) καὶ ὁ Σωκράτης, Ὦ Καλλία, ἔχοις ἄν τι, ἔφη, ἀνδρὶ ἐλεγχομένῳ βοηθῆσαι;

Ἔγωγ', ἔφη. ὅταν γὰρ ὁ αὐλὸς φθέγγηται, παντάπασι σιωπῶμεν.

καὶ ὁ Ἑρμογένης, Ἦ οὖν βούλεσθε, ἔφη, ὥσπερ Νικόστρατος ὁ ὑποκριτὴς τετράμετρα πρὸς τὸν αὐλὸν κατέλεγεν, οὕτω καὶ ὑπὸ τοῦ αὐλοῦ ὑμῖν διαλέγωμαι;

(4) καὶ ὁ Σωκράτης, Πρὸς τῶν θεῶν, ἔφη, Ἑρμόγενες, οὕτω ποίει. οἶμαι γάρ, ὥσπερ ἡ ᾠδὴ ἡδίων πρὸς τὸν αὐλόν, οὕτω καὶ τοὺς σοὺς λόγους ἡδύνεσθαι ἄν τι ὑπὸ τῶν φθόγγων, ἄλλως τε καὶ εἰ μορφάζοις, ὥσπερ ἡ αὐλητρίς, καὶ σὺ πρὸς τὰ λεγόμενα.

(5) καὶ ὁ Καλλίας ἔφη· Ὅταν οὖν ὁ Ἀντισθένης ὅδ' ἐλέγχῃ τινὰ ἐν τῷ συμποσίῳ, τί ἔσται τὸ αὔλημα;

καὶ ὁ Ἀντισθένης εἶπε· Τῷ μὲν ἐλεγχομένῳ οἶμαι ἄν, ἔφη, πρέπειν συριγμόν.

(6) Τοιούτων δὲ λόγων ὄντων ὡς ἑώρα ὁ Συρακόσιος τῶν μὲν αὑτοῦ ἐπιδειγμάτων ἀμελοῦντας, ἀλλήλοις δὲ ἡδομένους, φθονῶν τῷ Σωκράτει εἶπεν· Ἆρα σύ, ὦ Σώκρατες, ὁ φροντιστὴς ἐπικαλούμενος;

Οὔκουν κάλλιον, ἔφη, ἢ εἰ ἀφρόντιστος ἐκαλούμην;

Εἰ μή γε ἐδόκεις τῶν μετεώρων φροντιστὴς εἶναι.

(7) Οἶσθα οὖν, ἔφη ὁ Σωκράτης, μετεωρότερόν τι τῶν θεῶν;

Ἀλλ' οὐ μὰ Δί', ἔφη, οὐ τούτων σε λέγουσιν ἐπιμελεῖσθαι, ἀλλὰ τῶν ἀνωφελεστάτων.

Οὐκοῦν καὶ οὕτως ἄν, ἔφη, θεῶν ἐπιμελοίμην· ἄνωθεν μέν γε ὕοντες ὠφελοῦσιν, ἄνωθεν δὲ φῶς παρέχουσιν. εἰ δὲ ψυχρὰ λέγω, σὺ αἴτιος, ἔφη, πράγματά μοι παρέχων.

(8) Ταῦτα μέν, ἔφη, ἔα· ἀλλ' εἰπέ μοι πόσους ψύλλας πόδας ἐμοῦ ἀπέχεις. ταῦτα γάρ σέ φασι γεωμετρεῖν.

καὶ ὁ Ἀντισθένης εἶπε· Σὺ μέντοι δεινὸς εἶ, ὦ Φίλιππε, εἰκάζειν· οὐ δοκεῖ σοι ὁ ἀνὴρ οὗτος λοιδορεῖσθαι βουλομένῳ ἐοικέναι;

(9) Ναὶ μὰ τὸν Δί', ἔφη, καὶ ἄλλοις γε πολλοῖς.

Ἀλλ' ὅμως, ἔφη ὁ Σωκράτης, σὺ αὐτὸν μὴ εἴκαζε, ἵνα μὴ καὶ σὺ λοιδορουμένῳ ἐοίκῃς.

Ἀλλ' εἴπερ γε τοῖς πᾶσι καλοῖς καὶ τοῖς βελτίστοις εἰκάζω αὐτόν, ἐπαινοῦντι μᾶλλον ἢ λοιδορουμένῳ δικαίως ἂν εἰκάζοι μέ τις.

Καὶ νῦν σύγε λοιδορουμένῳ ἔοικας, εἰ †πάντ' αὐτοῦ βελτίων† φῂς εἶναι.

(10) Ἀλλὰ βούλει πονηροτέροις εἰκάζω αὐτόν;

Μηδὲ πονηροτέροις.

Ἀλλὰ μηδενί;

Μηδενὶ μηδὲ τούτων εἴκαζε.

Ἀλλ' οὐ μέντοι γε σιωπῶν οἶδα ὅπως ἄξια τοῦ δείπνου ἐργάσομαι.

Καὶ ῥᾳδίως γ', ἂν ἃ μὴ δεῖ λέγειν, ἔφη, σιωπᾷς.

αὕτη μὲν δὴ ἡ παροινία οὕτω κατεσβέσθη.

VII. Ἐκ τούτου δὲ τῶν ἄλλων οἱ μὲν ἐκέλευον εἰκάζειν, οἱ δὲ ἐκώλυον. θορύβου δὲ ὄντος ὁ Σωκράτης αὖ πάλιν εἶπεν· Ἆρα ἐπειδὴ πάντες ἐπιθυμοῦμεν λέγειν, νῦν ἂν μάλιστα καὶ ἅμα ᾄσαιμεν; καὶ εὐθὺς τοῦτ' εἰπὼν ἦρχεν ᾠδῆς. (2) ἐπεὶ δ' ᾖσεν, εἰσεφέρετο τῇ ὀρχηστρίδι τροχὸς τῶν κεραμεικῶν, ἐφ' οὗ ἔμελλε θαυματουργήσειν.

ἔνθα δὴ εἶπεν ὁ Σωκράτης· Ὦ Συρακόσιε, κινδυνεύω ἐγώ, ὥσπερ σὺ λέγεις, τῷ ὄντι φροντιστὴς εἶναι· νῦν γοῦν σκοπῶ ὅπως ἂν ὁ μὲν παῖς ὅδε ὁ σὸς καὶ ἡ παῖς ἥδε ὡς ῥᾷστα διάγοιεν, ἡμεῖς δ' ἂν μάλιστα εὐφραινοίμεθα θεώμενοι αὐτούς· ὅπερ εὖ οἶδα ὅτι καὶ σὺ βούλει. (3) δοκεῖ οὖν μοι τὸ μὲν εἰς μαχαίρας κυβιστᾶν κινδύνου ἐπίδειγμα εἶναι, ὃ συμποσίῳ οὐδὲν προσήκει. καὶ μὴν τό γε ἐπὶ τοῦ τροχοῦ ἅμα περιδινουμένου γράφειν τε καὶ ἀναγιγνώσκειν θαῦμα μὲν ἴσως τί ἐστιν, ἡδονὴν δὲ οὐδὲ ταῦτα δύναμαι γνῶναι τίν' ἂν παράσχοι. οὐδὲ μὴν τό γε διαστρέφοντας τὰ σώματα καὶ τροχοὺς μιμουμένους ἥδιον ἢ ἡσυχίαν ἔχοντας τοὺς καλοὺς καὶ ὡραίους θεωρεῖν. (4) καὶ γὰρ δὴ οὐδὲ πάνυ τι σπάνιον τό γε θαυμασίοις ἐντυχεῖν, εἴ τις τούτου δεῖται, ἀλλ' ἔξεστιν αὐτίκα μάλα τὰ παρόντα θαυμάζειν, τί ποτε ὁ μὲν λύχνος διὰ τὸ λαμπρὰν φλόγα ἔχειν φῶς παρέχει, τὸ δὲ χαλκεῖον λαμπρὸν ὂν φῶς μὲν οὐ ποιεῖ, ἐν αὐτῷ δὲ ἄλλα ἐμφαινόμενα παρέχεται· καὶ πῶς τὸ μὲν ἔλαιον ὑγρὸν ὂν αὔξει τὴν φλόγα, τὸ δὲ ὕδωρ, ὅτι ὑγρόν ἐστι, κατασβέννυσι τὸ πῦρ. ἀλλὰ γὰρ καὶ ταῦτα μὲν οὐκ εἰς ταὐτὸν τῷ οἴνῳ ἐπισπεύδει· (5) εἰ δὲ ὀρχοῖντο πρὸς τὸν αὐλὸν σχήματα ἐν οἷς Χάριτές τε καὶ Ὧραι καὶ Νύμφαι γράφονται, πολὺ ἂν οἶμαι αὐτούς γε ῥᾷον διάγειν καὶ τὸ συμπόσιον πολὺ ἐπιχαριτώτερον εἶναι.

ὁ οὖν Συρακόσιος, Ἀλλὰ ναὶ μὰ τὸν Δί', ἔφη, ὦ Σώκρατες, καλῶς τε λέγεις καὶ ἐγὼ εἰσάξω θεάματα ἐφ' οἷς ὑμεῖς εὐφρανεῖσθε.

VIII. Ὁ μὲν δὴ Συρακόσιος ἐξελθὼν συνεκροτεῖτο· ὁ δὲ Σωκράτης πάλιν αὖ καινοῦ λόγου κατῆρχεν. Ἆρ', ἔφη, ὦ ἄνδρες, εἰκὸς ἡμᾶς παρόντος δαίμονος μεγάλου καὶ τῷ μὲν χρόνῳ ἰσήλικος τοῖς ἀειγενέσι θεοῖς, τῇ δὲ μορφῇ νεωτάτου, καὶ μεγέθει πάντα ἐπέχοντος, ψυχῇ δὲ ἀνθρώπου ἱδρυμένου, Ἔρωτος, μὴ [ἂν] ἀμνημονῆσαι, ἄλλως τε καὶ ἐπειδὴ πάντες ἐσμὲν τοῦ θεοῦ τούτου θιασῶται; (2) ἐγώ τε γὰρ οὐκ ἔχω χρόνον εἰπεῖν ἐν ᾧ οὐκ ἐρῶν τινος διατελῶ, Χαρμίδην δὲ τόνδε οἶδα πολλοὺς μὲν ἐραστὰς κτησάμενον, ἔστι δὲ ὧν καὶ αὐτὸν ἐπιθυμήσαντα· Κριτόβουλός γε μὴν ἔτι καὶ νῦν ἐρώμενος ὢν ἤδη ἄλλων ἐπιθυμεῖ. (3) ἀλλὰ μὴν καὶ ὁ Νικήρατος, ὡς ἐγὼ ἀκούω, ἐρῶν τῆς γυναικὸς ἀντερᾶται. Ἑρμογένη γε μὴν τίς ἡμῶν οὐκ οἶδεν ὡς, ὅ τι ποτ' ἐστὶν ἡ καλοκἀγαθία, τῷ ταύτης ἔρωτι κατατήκεται; οὐχ ὁρᾶτε ὡς σπουδαῖαι μὲν αὐτοῦ αἱ ὀφρύες, ἀτρεμὲς δὲ τὸ ὄμμα, μέτριοι δὲ οἱ

λόγοι, πραεῖα δὲ ἡ φωνή, ἱλαρὸν δὲ τὸ ἦθος; τοῖς δὲ σεμνοτάτοις θεοῖς φίλοις χρώμενος οὐδὲν ἡμᾶς τοὺς ἀνθρώπους ὑπερορᾷ; σὺ δὲ μόνος, ὦ Ἀντίσθενες, οὐδενὸς ἐρᾷς;
(4) Ναὶ μὰ τοὺς θεούς, εἶπεν ἐκεῖνος, καὶ σφόδρα γε σοῦ. καὶ ὁ Σωκράτης ἐπισκώψας ὡς δὴ θρυπτόμενος εἶπε· Μὴ νῦν μοι ἐν τῷ παρόντι ὄχλον πάρεχε· ὡς γὰρ ὁρᾷς, ἄλλα πράττω.
(5) καὶ ὁ Ἀντισθένης ἔλεξεν· Ὡς σαφῶς μέντοι σὺ μαστροπὲ σαυτοῦ ἀεὶ τοιαῦτα ποιεῖς· τοτὲ μὲν τὸ δαιμόνιον προφασιζόμενος οὐ διαλέγῃ μοι, τοτὲ δ' ἄλλου του ἐφιέμενος.
(6) καὶ ὁ Σωκράτης ἔφη· Πρὸς τῶν θεῶν, ὦ Ἀντίσθενες, μόνον μὴ συγκόψῃς με· τὴν δ' ἄλλην χαλεπότητα ἐγώ σου καὶ φέρω καὶ οἴσω φιλικῶς. ἀλλὰ γάρ, ἔφη, τὸν μὲν σὸν ἔρωτα κρύπτωμεν, ἐπειδὴ καὶ ἔστιν οὐ ψυχῆς ἀλλ' εὐμορφίας τῆς ἐμῆς. (7) ὅτι γε μὴν σύ, ὦ Καλλία, ἐρᾷς Αὐτολύκου πᾶσα μὲν ἡ πόλις οἶδε, πολλοὺς δ' οἶμαι καὶ τῶν ξένων. τούτου δ' αἴτιον τὸ πατέρων τε ὀνομαστῶν ἀμφοτέρους ὑμᾶς εἶναι καὶ αὐτοὺς ἐπιφανεῖς. (8) ἀεὶ μὲν οὖν ἔγωγε ἠγάμην τὴν σὴν φύσιν, νῦν δὲ καὶ πολὺ μᾶλλον, ἐπεὶ ὁρῶ σε ἐρῶντα οὐχ ἁβρότητι χλιδαινομένου οὐδὲ μαλακίᾳ θρυπτομένου, ἀλλὰ πᾶσιν ἐπιδεικνυμένου ῥώμην τε καὶ καρτερίαν καὶ ἀνδρείαν καὶ σωφροσύνην. τὸ δὲ τοιούτων ἐπιθυμεῖν τεκμήριόν ἐστι τῆς τοῦ ἐραστοῦ φύσεως. (9) εἰ μὲν οὖν μία ἐστὶν Ἀφροδίτη ἢ διτταί, Οὐρανία τε καὶ Πάνδημος, οὐκ οἶδα· καὶ γὰρ Ζεὺς ὁ αὐτὸς δοκῶν εἶναι πολλὰς ἐπωνυμίας ἔχει· ὅτι γε μέντοι χωρὶς ἑκατέρᾳ βωμοί τε καὶ ναοί εἰσι καὶ θυσίαι τῇ μὲν Πανδήμῳ ῥᾳδιουργότεραι, τῇ δὲ Οὐρανίᾳ ἁγνότεραι, οἶδα. (10) εἰκάσαις δ' ἂν καὶ τοὺς ἔρωτας τὴν μὲν Πάνδημον τῶν σωμάτων ἐπιπέμπειν, τὴν δ' Οὐρανίαν τῆς ψυχῆς τε καὶ τῆς φιλίας καὶ τῶν καλῶν ἔργων. ὑφ' οὗ δὴ καὶ σύ, ὦ Καλλία, κατέχεσθαί μοι δοκεῖς ἔρωτος. (11) τεκμαίρομαι δὲ τῇ τοῦ ἐρωμένου καλοκἀγαθίᾳ καὶ ὅτι σε ὁρῶ τὸν πατέρα αὐτοῦ παραλαμβάνοντα εἰς τὰς πρὸς τοῦτον συνουσίας. οὐδὲν γὰρ τούτων ἐστὶν ἀπόκρυφον πατρὸς τῷ καλῷ τε κἀγαθῷ ἐραστῇ.
(12) καὶ ὁ Ἑρμογένης εἶπε· Νὴ τὴν Ἥραν, ἔφη, ὦ Σώκρατες, ἄλλα τέ σου πολλὰ ἄγαμαι καὶ ὅτι νῦν ἅμα χαριζόμενος Καλλίᾳ

καὶ παιδεύεις αὐτὸν οἱόνπερ χρὴ εἶναι.

Νὴ Δί', ἔφη, ὅπως δὲ καὶ ἔτι μᾶλλον εὐφραίνηται, βούλομαι αὐτῷ μαρτυρῆσαι ὡς καὶ πολὺ κρείττων ἐστὶν ὁ τῆς ψυχῆς ἢ ὁ τοῦ σώματος ἔρως. (13) ὅτι μὲν γὰρ δὴ ἄνευ φιλίας συνουσία οὐδεμία ἀξιόλογος πάντες ἐπιστάμεθα. φιλεῖν γε μὴν τῶν μὲν τὸ ἦθος ἀγαμένων ἀνάγκη ἡδεῖα καὶ ἐθελουσία καλεῖται· τῶν δὲ τοῦ σώματος ἐπιθυμούντων πολλοὶ μὲν τοὺς τρόπους μέμφονται καὶ μισοῦσι τῶν ἐρωμένων· (14) ἂν δὲ καὶ ἀμφότερα στέρξωσι, τὸ μὲν τῆς ὥρας ἄνθος ταχὺ δήπου παρακμάζει, ἀπολείποντος δὲ τούτου ἀνάγκη καὶ τὴν φιλίαν συναπομαραίνεσθαι, ἡ δὲ ψυχὴ ὅσονπερ ἂν χρόνον ἴῃ ἐπὶ τὸ φρονιμώτερον καὶ ἀξιεραστοτέρα γίγνεται. (15) καὶ μὴν ἐν μὲν τῇ τῆς μορφῆς χρήσει ἔνεστί τις καὶ κόρος, ὥστε ἅπερ καὶ πρὸς τὰ σιτία διὰ πλησμονήν, ταῦτα ἀνάγκη καὶ πρὸς τὰ παιδικὰ πάσχειν· ἡ δὲ τῆς ψυχῆς φιλία διὰ τὸ ἁγνὴ εἶναι καὶ ἀκορεστοτέρα ἐστίν, οὐ μέντοι, ὥς γ' ἄν τις οἰηθείη, διὰ τοῦτο καὶ ἀνεπαφροδιτοτέρα, ἀλλὰ σαφῶς καὶ ἀποτελεῖται ἡ εὐχὴ ἐν ᾗ αἰτούμεθα τὴν θεὸν ἐπαφρόδιτα καὶ ἔπη καὶ ἔργα διδόναι. (16) ὡς μὲν γὰρ ἄγαταί τε καὶ φιλεῖ τὸν ἐρώμενον θάλλουσα μορφῇ τε ἐλευθερίᾳ καὶ ἤθει αἰδήμονί τε καὶ γενναίῳ ψυχὴ εὐθὺς ἐν τοῖς ἥλιξιν ἡγεμονική τε ἅμα καὶ φιλόφρων οὖσα οὐδὲν ἐπιδεῖται λόγου· ὅτι δὲ εἰκὸς καὶ ὑπὸ τῶν παιδικῶν τὸν τοιοῦτον ἐραστὴν ἀντιφιλεῖσθαι, καὶ τοῦτο διδάξω. (17) πρῶτον μὲν γὰρ τίς μισεῖν δύναιτ' ἂν ὑφ' οὗ εἰδείη καλός τε καὶ ἀγαθὸς νομιζόμενος; ἔπειτα δὲ ὁρώῃ αὐτὸν τὰ τοῦ παιδὸς καλὰ μᾶλλον ἢ τὰ ἑαυτοῦ ἡδέα σπουδάζοντα; πρὸς δὲ τούτοις πιστεύοι μήτ' ἂν παρανθήσῃ μήτ' ἂν καμὼν ἀμορφότερος γένηται, μειωθῆναι ἂν τὴν φιλίαν; (18) οἷς γε μὴν κοινὸν τὸ φιλεῖσθαι, πῶς οὐκ ἀνάγκη τούτους ἡδέως μὲν προσορᾶν ἀλλήλους, εὐνοϊκῶς δὲ διαλέγεσθαι, πιστεύειν δὲ καὶ πιστεύεσθαι, καὶ προνοεῖν μὲν ἀλλήλων, συνήδεσθαι δ' ἐπὶ ταῖς καλαῖς πράξεσι, συνάχθεσθαι δὲ ἄν τι σφάλμα προσπίπτῃ, τότε δ' εὐφραινομένους διατελεῖν, ὅταν ὑγιαίνοντες συνῶσιν, ἂν δὲ κάμῃ ὁπότερος οὖν, πολὺ συνεχεστέραν τὴν συνουσίαν ἔχειν, καὶ ἀπόντων ἔτι μᾶλλον ἢ παρόντων ἐπιμελεῖσθαι; οὐ ταῦτα πάντα ἐπαφρόδιτα; διά γέ τοι τὰ τοιαῦτα ἔργα ἅμα ἐρῶντες τῆς φιλίας καὶ χρώμενοι αὐτῇ εἰς γῆρας διατελοῦσι. (19) τὸν δὲ ἐκ τοῦ σώματος κρεμάμενον διὰ τί ἀντιφιλήσειεν ἂν ὁ παῖς; πότερον ὅτι ἑαυτῷ μὲν νέμει ὧν ἐπιθυμεῖ, τῷ δὲ παιδὶ τὰ ἐπονειδιστότατα; ἢ διότι ἃ σπεύδει πράττειν παρὰ τῶν παιδικῶν, εἴργει μάλιστα τοὺς οἰκείους ἀπὸ τούτων; (20) καὶ μὴν ὅτι γε οὐ βιάζεται, ἀλλὰ πείθει, διὰ τοῦτο μᾶλλον μισητέος. ὁ μὲν γὰρ βιαζόμενος ἑαυτὸν πονηρὸν ἀποδεικνύει, ὁ δὲ πείθων τὴν τοῦ ἀναπειθομένου ψυχὴν διαφθείρει. (21) ἀλλὰ μὴν καὶ ὁ χρημάτων γε ἀπεμπολῶν τὴν ὥραν τί μᾶλλον στέρξει τὸν πριάμενον ἢ ὁ ἐν ἀγορᾷ πωλῶν καὶ ἀποδιδόμενος; οὐ μὴν ὅτι γε ὡραῖος ἀώρῳ, οὐδὲ ὅτι γε καλὸς οὐκέτι καλῷ καὶ ἐρῶντι οὐκ ἐρῶν ὁμιλεῖ, φιλήσει αὐτόν. οὐδὲ γὰρ ὁ παῖς τῷ ἀνδρὶ ὥσπερ γυνὴ κοινωνεῖ τῶν ἐν τοῖς ἀφροδισίοις εὐφροσυνῶν, ἀλλὰ νήφων μεθύοντα ὑπὸ τῆς ἀφροδίτης θεᾶται. (22) ἐξ ὧν οὐδὲν θαυμαστὸν εἰ καὶ τὸ ὑπερορᾶν ἐγγίγνεται αὐτῷ τοῦ ἐραστοῦ. καὶ σκοπῶν δ' ἄν τις εὕροι ἐκ μὲν τῶν διὰ τοὺς τρόπους φιλουμένων οὐδὲν χαλεπὸν γεγενημένον, ἐκ δὲ τῆς ἀναιδοῦς ὁμιλίας πολλὰ ἤδη καὶ ἀνόσια πεπραγμένα. (23) ὡς δὲ καὶ ἀνελεύθερος ἡ συνουσία τῷ τὸ σῶμα μᾶλλον ἢ τῷ τὴν ψυχὴν ἀγαπῶντι, νῦν τοῦτο δηλώσω. ὁ μὲν γὰρ παιδεύων λέγειν τε ἃ δεῖ καὶ πράττειν δικαίως ἂν ὥσπερ Χείρων καὶ Φοῖνιξ ὑπ' Ἀχιλλέως τιμῷτο, ὁ δὲ τοῦ σώματος ὀρεγόμενος εἰκότως ἂν ὥσπερ πτωχὸς περιέποιτο. ἀεὶ γάρ τοι προσαιτῶν καὶ προσδεόμενος ἢ φιλήματος ἢ ἄλλου τινὸς ψηλαφήματος παρακολουθεῖ. (24) εἰ δὲ λαμυρώτερον λέγω, μὴ θαυμάζετε· ὅ τε γὰρ οἶνος συνεπαίρει καὶ ὁ ἀεὶ σύνοικος ἐμοὶ ἔρως κεντρίζει εἰς τὸν ἀντίπαλον ἔρωτα αὐτῷ παρρησιάζεσθαι. (25) καὶ γὰρ δὴ δοκεῖ μοι ὁ μὲν τῷ εἴδει τὸν νοῦν προσέχων μεμισθωμένῳ χώρῳ ἐοικέναι. οὐ γὰρ ὅπως πλείονος ἄξιος γένηται ἐπιμελεῖται, ἀλλ' ὅπως αὐτὸς ὅτι πλεῖστα ὡραῖα καρπώσεται. ὁ δὲ τῆς φιλίας ἐφιέμενος μᾶλλον ἔοικε τῷ τὸν οἰκεῖον ἀγρὸν κεκτημένῳ· πάντοθεν γοῦν φέρων ὅ τι ἂν δύνηται πλείονος ἄξιον ποιεῖ τὸν ἐρώμενον. (26) καὶ μὴν καὶ τῶν παιδικῶν ὃς μὲν ἂν εἰδῇ ὅτι ὁ τοῦ εἴδους ἐπαρκῶν ἄρξει τοῦ ἐραστοῦ, εἰκὸς αὐτὸν τἄλλα ῥᾳδιουργεῖν· ὃς δ' ἂν γιγνώσκῃ ὅτι ἂν μὴ καλὸς κἀγαθὸς ᾖ, οὐ καθέξει τὴν φιλίαν, τοῦτον προσήκει μᾶλλον ἀρετῆς ἐπιμελεῖσθαι. (27) μέγιστον δ' ἀγαθὸν τῷ ὀρεγομένῳ ἐκ παιδικῶν φίλον ἀγαθὸν ποιήσασθαι ὅτι ἀνάγκη καὶ αὐτὸν ἀσκεῖν ἀρετήν. οὐ γὰρ οἷόν τε πονηρὰ αὐτὸν ποιοῦντα ἀγαθὸν τὸν συνόντα ἀποδεῖξαι, οὐδέ γε ἀναισχυντίαν καὶ ἀκρασίαν παρεχόμενον ἐγκρατῆ καὶ αἰδούμενον τὸν ἐρώμενον ποιῆσαι. (28) ἐπιθυμῶ δέ σοι, ἔφη, ὦ Καλλία, καὶ μυθολογῆσαι ὡς οὐ μόνον ἄνθρωποι ἀλλὰ καὶ θεοὶ καὶ ἥρωες τὴν τῆς ψυχῆς φιλίαν περὶ πλείονος ἢ τὴν τοῦ σώματος χρῆσιν ποιοῦνται. (29) Ζεύς τε γὰρ ὅσων μὲν θνητῶν οὐσῶν μορφῆς ἠράσθη, συγγενόμενος εἴα αὐτὰς θνητὰς εἶναι· ὅσων δὲ ψυχαῖς ἀγαθαῖς ἀγασθείη, ἀθανάτους τούτους ἐποίει· ὧν Ἡρακλῆς μὲν καὶ Διόσκουροί εἰσι, λέγονται δὲ καὶ ἄλλοι· (30) καὶ ἐγὼ δέ φημι καὶ Γανυμήδην οὐ σώματος ἀλλὰ ψυχῆς ἕνεκα ὑπὸ Διὸς εἰς Ὄλυμπον ἀνενεχθῆναι. μαρτυρεῖ δὲ καὶ τοὔνομα αὐτοῦ· ἔστι μὲν γὰρ δήπου καὶ Ὁμήρῳ

γάνυται δέ τ' ἀκούων.

τοῦτο δὲ φράζει ὅτι ἥδεται δέ τ' ἀκούων. ἔστι δὲ καὶ ἄλλοθί που

πυκινὰ φρεσὶ μήδεα εἰδώς.

τοῦτο δ' αὖ λέγει σοφὰ φρεσὶ βουλεύματα εἰδώς. ἐξ οὖν συναμφοτέρων τούτων οὐχ ἡδυσώματος ὀνομασθεὶς ὁ Γανυμήδης ἀλλ' ἡδυγνώμων ἐν θεοῖς τετίμηται. (31) ἀλλὰ μήν, ὦ Νικήρατε, καὶ Ἀχιλλεὺς Ὁμήρῳ πεποίηται οὐχ ὡς παιδικοῖς Πατρόκλῳ ἀλλ' ὡς ἑταίρῳ ἀποθανόντι ἐκπρεπέστατα τιμωρῆσαι. καὶ Ὀρέστης δὲ καὶ Πυλάδης καὶ Θησεὺς καὶ Πειρίθους καὶ ἄλλοι δὲ πολλοὶ τῶν ἡμιθέων οἱ ἄριστοι ὑμνοῦνται οὐ διὰ τὸ συγκαθεύδειν ἀλλὰ διὰ τὸ ἄγασθαι ἀλλήλους τὰ μέγιστα καὶ κάλλιστα κοινῇ διαπεπρᾶχθαι. (32) τί δέ, τὰ νῦν καλὰ ἔργα οὐ πάντ' ἂν εὕροι τις ἕνεκα ἐπαίνου ὑπὸ τῶν καὶ πονεῖν καὶ κινδυνεύειν ἐθελόντων πραττόμενα μᾶλλον ἢ ὑπὸ τῶν ἐθιζομένων ἡδονὴν ἀντ' εὐκλείας αἱρεῖσθαι; καίτοι Παυσανίας γε ὁ Ἀγάθωνος τοῦ ποιητοῦ ἐραστὴς ἀπολογούμενος ὑπὲρ τῶν ἀκρασίᾳ ἐγκαλινδουμένων εἴρηκεν ὡς καὶ στράτευμα ἀλκιμώτατον ἂν γένοιτο ἐκ παιδικῶν τε καὶ ἐραστῶν. (33) τούτους γὰρ ἂν ἔφη οἴεσθαι μάλιστα αἰδεῖσθαι ἀλλήλους ἀπολείπειν, θαυμαστὰ λέγων, εἴ γε οἱ ψόγου τε ἀφροντιστεῖν καὶ ἀναισχυντεῖν πρὸς ἀλλήλους ἐθιζόμενοι, οὗτοι μάλιστα αἰσχυνοῦνται αἰσχρόν τι ποιεῖν. (34) καὶ μαρτύρια δὲ ἐπήγετο ὡς ταῦτα ἐγνωκότες εἶεν καὶ Θηβαῖοι καὶ Ἠλεῖοι· συγκαθεύδοντας γοῦν αὐτοῖς ὅμως παρατάττεσθαι ἔφη τὰ παιδικὰ εἰς τὸν ἀγῶνα, οὐδὲν τοῦτο σημεῖον λέγων ὅμοιον. ἐκείνοις μὲν γὰρ ταῦτα νόμιμα, ἡμῖν δ' ἐπονείδιστα. δοκοῦσι δ' ἔμοιγε οἱ μὲν παραταττόμενοι ἀπιστοῦσιν ἐοικέναι μὴ χωρὶς γενόμενοι οἱ ἐρώμενοι οὐκ ἀποτελῶσι τὰ τῶν ἀγαθῶν ἀνδρῶν ἔργα. (35) Λακεδαιμόνιοι δὲ οἱ νομίζοντες, ἐὰν καὶ ὀρεχθῇ τις σώματος, μηδενὸς ἂν ἔτι καλοῦ κἀγαθοῦ τοῦτον τυχεῖν, οὕτω τελέως τοὺς ἐρωμένους ἀγαθοὺς ἀπεργάζονται ὡς καὶ μετὰ ξένων κἂν μὴ ἐν τῇ αὐτῇ [πόλει] ταχθῶσι τῷ ἐραστῇ, ὁμοίως αἰδοῦνται τοὺς παρόντας ἀπολείπειν. θεὰν γὰρ οὐ τὴν Ἀναίδειαν ἀλλὰ τὴν Αἰδῶ νομίζουσι. (36) δοκοῦμεν δ' ἄν μοι πάντες ὁμόλογοι γενέσθαι περὶ ὧν λέγω, εἰ ὧδε ἐπισκοποῖμεν, τῷ ποτέρως παιδὶ φιληθέντι μᾶλλον ἄν τις πιστεύσειεν ἢ χρήματα ἢ τέκνα ἢ χάριτας παρακατατίθεσθαι. ἐγὼ μὲν γὰρ οἶμαι καὶ αὐτὸν τὸν τῷ εἴδει τοῦ ἐρωμένου χρώμενον μᾶλλον ἂν ταῦτα πάντα τῷ τὴν ψυχὴν ἐρασμίῳ πιστεῦσαι. (37) σοί γε μήν, ὦ Καλλία, δοκεῖ μοι ἄξιον εἶναι καὶ θεοῖς χάριν εἰδέναι ὅτι σοι Αὐτολύκου ἔρωτα ἐνέβαλον. ὡς μὲν γὰρ φιλότιμός ἐστιν εὔδηλον, ὃς τοῦ κηρυχθῆναι ἕνεκα νικῶν παγκράτιον πολλοὺς μὲν πόνους, πολλὰ δ' ἄλγη ἀνέχεται. (38) εἰ δὲ οἴοιτο μὴ μόνον ἑαυτὸν καὶ τὸν πατέρα κοσμήσειν, ἀλλ' ἱκανὸς γενήσεσθαι δι' ἀνδραγαθίαν καὶ φίλους εὖ ποιεῖν καὶ τὴν πατρίδα αὔξειν τροπαῖα τῶν πολεμίων ἱστάμενος, καὶ διὰ ταῦτα περίβλεπτός τε καὶ ὀνομαστὸς ἔσεσθαι καὶ ἐν Ἕλλησι καὶ ἐν βαρβάροις, πῶς οὐκ οἴει αὐτόν, ὅντιν' ἡγοῖτο εἰς ταῦτα συνεργὸν εἶναι κράτιστον, τοῦτον ταῖς μεγίσταις ἂν τιμαῖς περιέπειν; (39) εἰ οὖν βούλει τούτῳ ἀρέσκειν, σκεπτέον μέν σοι ποῖα ἐπιστάμενος Θεμιστοκλῆς ἱκανὸς ἐγένετο τὴν Ἑλλάδα ἐλευθεροῦν, σκεπτέον δὲ ποῖά ποτε εἰδὼς Περικλῆς κράτιστος ἐδόκει τῇ πατρίδι σύμβουλος εἶναι, ἀθρητέον δὲ καὶ πῶς ποτε Σόλων φιλοσοφήσας νόμους κρατίστους τῇ πόλει κατέθηκεν, ἐρευνητέον δὲ καὶ ποῖα Λακεδαιμόνιοι ἀσκοῦντες κράτιστοι δοκοῦσιν ἡγεμόνες εἶναι· προξενεῖς δὲ καὶ κατάγονται ἀεὶ παρὰ σοὶ οἱ κράτιστοι αὐτῶν. (40) ὡς μὲν οὖν σοι ἡ πόλις ταχὺ ἂν ἐπιτρέψειεν αὑτήν, εἰ βούλει, εὖ ἴσθι. τὰ μέγιστα γάρ σοι ὑπάρχει· εὐπατρίδης εἶ, ἱερεὺς θεῶν τῶν ἀπ' Ἐρεχθέως, οἳ καὶ ἐπὶ τὸν βάρβαρον σὺν Ἰάκχῳ ἐστράτευσαν, καὶ νῦν ἐν τῇ ἑορτῇ ἱεροπρεπέστατος δοκεῖς εἶναι τῶν προγεγενημένων, καὶ σῶμα ἀξιοπρεπέστατον μὲν ἰδεῖν τῆς πόλεως ἔχεις, ἱκανὸν δὲ μόχθους ὑποφέρειν. (41) εἰ δ' ὑμῖν δοκῶ σπουδαιολογῆσαι μᾶλλον ἢ παρὰ πότον πρέπει, μηδὲ τοῦτο θαυμάζετε. ἀγαθῶν γὰρ φύσει καὶ τῆς ἀρετῆς φιλοτίμως ἐφιεμένων ἀεί ποτε τῇ πόλει συνεραστὴς ὢν διατελῶ.

(42) οἱ μὲν δὴ ἄλλοι περὶ τῶν ῥηθέντων διελέγοντο, ὁ δ' Αὐτόλυκος κατεθεᾶτο τὸν Καλλίαν. καὶ ὁ Καλλίας δὲ παρορῶν εἰς ἐκεῖνον εἶπεν· Οὐκοῦν σύ με, ὦ Σώκρατες, μαστροπεύσεις πρὸς τὴν πόλιν, ὅπως πράττω τὰ πολιτικὰ καὶ ἀεὶ ἀρεστὸς ὦ αὐτῇ;

(43) Ναὶ μὰ Δί', ἔφη, ἂν ὁρῶσί γέ σε μὴ τῷ δοκεῖν ἀλλὰ τῷ ὄντι ἀρετῆς ἐπιμελούμενον. ἡ μὲν γὰρ ψευδὴς δόξα ταχὺ ἐλέγχεται ὑπὸ τῆς πείρας· ἡ δ' ἀληθὴς ἀνδραγαθία, ἂν μὴ θεὸς βλάπτῃ, ἀεὶ ἐν ταῖς πράξεσι λαμπροτέραν τὴν εὔκλειαν συμπαρέχεται.

IX. Οὗτος μὲν δὴ ὁ λόγος ἐνταῦθα ἔληξεν. Αὐτόλυκος δὲ (ἤδη γὰρ ὥρα ἦν αὐτῷ) ἐξανίστατο εἰς περίπατον· καὶ ὁ Λύκων ὁ πατὴρ αὐτῷ συνεξιὼν ἐπιστραφεὶς εἶπε· Νὴ τὴν Ἥραν, ὦ Σώκρατες, καλός γε κἀγαθὸς δοκεῖς μοι ἄνθρωπος εἶναι.

(2) Ἐκ δὲ τούτου πρῶτον μὲν θρόνος τις ἔνδον κατετέθη, ἔπειτα δὲ ὁ Συρακόσιος εἰσελθὼν εἶπεν· Ὦ ἄνδρες, Ἀριάδνη εἴσεισιν εἰς τὸν ἑαυτῆς τε καὶ Διονύσου θάλαμον· μετὰ δὲ τοῦθ' ἥξει Διόνυσος ὑποπεπωκὼς παρὰ θεοῖς καὶ εἴσεισι πρὸς αὐτήν, ἔπειτα παιξοῦνται πρὸς ἀλλήλους.

(3) ἐκ τούτου πρῶτον μὲν ἡ Ἀριάδνη ὡς νύμφη κεκοσμημένη παρῆλθε καὶ ἐκαθέζετο ἐπὶ τοῦ θρόνου. οὔπω δὲ φαινομένου τοῦ

Διονύσου ηὐλεῖτο ὁ βακχεῖος ῥυθμός. ἔνθα δὴ ἠγάσθησαν τὸν ὀρχηστοδιδάσκαλον. εὐθὺς μὲν γὰρ ἡ Ἀριάδνη ἀκούσασα τοιοῦτόν τι ἐποίησεν ὡς πᾶς ἂν ἔγνω ὅτι ἀσμένη ἤκουσε· καὶ ὑπήντησε μὲν οὒ οὐδὲ ἀνέστη, δήλη δ' ἦν μόλις ἠρεμοῦσα. (4) ἐπεί γε μὴν κατεῖδεν αὐτὴν ὁ Διόνυσος, ἐπιχορεύσας ὥσπερ ἂν εἴ τις φιλικώτατα ἐκαθέζετο ἐπὶ τῶν γονάτων, καὶ περιλαβὼν ἐφίλησεν αὐτήν. ἡ δ' αἰδουμένη μὲν ἐῴκει, ὅμως δὲ φιλικῶς ἀντιπεριελάμβανεν. οἱ δὲ συμπόται ὁρῶντες ἅμα μὲν ἐκρότουν, ἅμα δὲ ἐβόων αὖθις. (5) ὡς δὲ ὁ Διόνυσος ἀνιστάμενος συνανέστησε μεθ' ἑαυτοῦ τὴν Ἀριάδνην, ἐκ τούτου δὴ φιλούντων τε καὶ ἀσπαζομένων ἀλλήλους σχήματα παρῆν θεάσασθαι. οἱ δ' ὁρῶντες ὄντως καλὸν μὲν τὸν Διόνυσον, ὡραίαν δὲ τὴν Ἀριάδνην, οὐ σκώπτοντας δὲ ἀλλ' ἀληθινῶς τοῖς στόμασι φιλοῦντας, πάντες ἀνεπτερωμένοι ἐθεῶντο. (6) καὶ γὰρ ἤκουον τοῦ Διονύσου μὲν ἐπερωτῶντος αὐτὴν εἰ φιλεῖ αὐτόν, τῆς δὲ οὕτως ἐπομνυούσης <ὥστε> μὴ μόνον τὸν Διόνυσον ἀλλὰ καὶ τοὺς παρόντας ἅπαντας συνομόσαι ἂν ἦ μὴν τὸν παῖδα καὶ τὴν παῖδα ὑπ' ἀλλήλων φιλεῖσθαι. ἐῴκεσαν γὰρ οὐ δεδιδαγμένοις τὰ σχήματα ἀλλ' ἐφειμένοις πράττειν ἃ πάλαι ἐπεθύμουν. (7) τέλος δὲ οἱ συμπόται ἰδόντες περιβεβληκότας τε ἀλλήλους καὶ ὡς εἰς εὐνὴν ἀπιόντας, οἱ μὲν ἄγαμοι γαμεῖν ἐπώμνυσαν, οἱ δὲ γεγαμηκότες ἀναβάντες ἐπὶ τοὺς ἵππους ἀπήλαυνον πρὸς τὰς ἑαυτῶν γυναῖκας, ὅπως τούτων τύχοιεν. Σωκράτης δὲ καὶ τῶν ἄλλων οἱ ὑπομείναντες πρὸς Λύκωνα καὶ τὸν υἱὸν σὺν Καλλίᾳ περιπατήσοντες ἀπῆλθον.

αὕτη τοῦ τότε συμποσίου κατάλυσις ἐγένετο.

# Xenophon's Symposium 35

## COMMENTARY

Abbreviations:
S          H. W. Smyth, *Greek Grammar*, rev. by G. Messing (Cambridge MA, 1956), cited by section number
GP       J. D. Denniston, *The Greek Particles*, 2nd ed. (Oxford 1954)
GMT    W. W. Goodwin, *Syntax of the Moods and Tenses of the Greek Verb* (New York 1875, London 1889), cited by section number
LSJ      H. G. Liddell, R. Scott, and H. S. Jones, *A Greek-English Lexicon*, 9th ed. (Oxford 1940).
Todd     E. C. Marchant and O. J. Todd, trs., *Xenophon*, Vol. 4 (*Memorabilia, Oeconomicus, Symposium, Apology*) (Cambridge, MA and London 1923).
Bowen   A. J. Bowen, *Xenophon Symposium, with an introduction, translation and commentary* (Warminster 1998).
Huss     B. Huss, *Xenophons Symposion: Ein Kommentar* (Stuttgart and Leipzig 1999).

<          "(is) from"
←         "(is) derived from"
App.      Appendix
κτλ.      καὶ τὰ λοιπά (= etc.)

The text used is that of E. C. Marchant, *Xenophontis Opera Omnia*, Vol. 2 (Oxford 1921), with the following changes:

I. 15. 1       ἀλλ' ἦ for ἀλλ' ἤ
II. 10. 11     ἀπό for ἄπο
III. 6. 6      δοκεῖ (codd.) for δοκῶ
IV. 37. 3     ἔχων (codd.) for ἔχοι
IV. 49. 7     ἔφη ὁ Σωκράτης, εἰ for ἔφη, ὁ Σωκράτης εἰ (typographical error)
IV. 64. 6     daggers removed from †πόλεσι καὶ φίλοις καὶ συμμάχοις†
VI. 6. 4      οὔκουν ... ἐκαλούμην; for οὐκοῦν ... ἐκαλούμην.
VI. 8. 1f.    ψύλλας (Huss) ... ἀπέχεις (Jacobs) for ψύλλα ... ἀπέχει
VIII. 17. 4   παρανθήσῃ (Hornstein) for †παρά τι ποιήσῃ†

## I. 1

1 **ἀλλ(ά)**: inceptive, opening a speech (or work); "it corresponds roughly to the English 'Well', and has the same vague and colloquial tone" (GP 21).
**καλῶν κἀγαθῶν** (= καὶ ἀγαθῶν): lit. "men noble (or handsome) and good (or brave)," a standard combination of adjectives in fifth and fourth century Greek; the phrase usually denotes an ideal of masculine qualities and comportment that has frequently been compared to the English concept of the gentleman.
2 **ἀξιομνημόνευτα**: "worthy of being recalled/recounted."
3 **τὰ ἐν ταῖς παιδιαῖς**: sc. πραττόμενα ἔργα. The contrast between seriousness (σπουδή) and play or playfulness (παιδιά) will recur repeatedly in this work.
3 **οἷς ... παραγενόμενος ταῦτα γιγνώσκω**: indirect question dependent on δηλῶσαι, with οἷς best taken as neut.: "I want to set forth the events I witnessed which lead me to this conclusion," lit. "the events at which having been present I hold this opinion" (for this sense of γιγνώσκω see LSJ II. 1). Since Xenophon would have been less than ten years old in 422 B. C., it is difficult to see how this claim (the only first-person reference in the entire work) can be taken literally.

## I. 2

1 **γάρ**: prefatory; see App. 4. A.
**Παναθηναίων τῶν μεγάλων**: The Panathenaic festival was held annually in Athens in honor of Athena; every four years it was celebrated with particular magnificence and known as the "Great Panathenaia."
2 **ὁ Ἱππονίκου**: "the son of Hipponikos" (S 1301).
**ἐρῶν ἐτύγχανεν**: "happened to be in love with"; like other verbs signifying desire, ἐράω governs the gen. (S 1349). For τυγχάνω + supplementary part. see S 2096.
3 **νενικηκότα αὐτὸν παγκράτιον ... ἄγων**: "bringing him, after he had won the *pankration*"; νενικηκότα governs παγκράτιον as an internal or cognate acc. (S 1576). The *pankration* (lit. "all strength") combined elements of wrestling and boxing.
**ἧκεν**: impf. in form, plupf. in meaning (S 1906).
**θέαν**: "spectacle," not "goddess" (θεάν).
4 **ἔχων**: "with" (S 2068a).
5 **ἀπῄει** < ἀπ-ειμι.
**συνείπετο** < συν-έπομαι.

I. 3     Xenophon's Symposium     37

I. 3
1f.  Σωκράτην, Ἑρμογένην, Ἀντισθένην: All three names belong to the third declension and, as such, might be expected to have accusatives in -η (< -εα); the ending -ην is borrowed from the first declension (S 264b).
2f.  τοῖς ... ἀμφ(ὶ) Αὐτόλυκον: "those around Autolykos," i.e., "Autolycus and the others, Autolycus and his party" (S 1681.3a). ἡγέομαι takes the dat. when it means "guide," the gen. when it means "command."
3  τινα: i.e., a slave.

I. 4
1  εἰς καλόν γε (sc. χρόνον): "Opportunely indeed!" On intensive or "exclamatory" γε see App. 8. A.
   ἑστιᾶν: "to entertain (at one's house)" (← ἑστία, "hearth").
2  πολύ: adverbial acc. with λαμπροτέραν (S 1609).
2f.  ἂν ... φανῆναι: aor. pass. infin. < φαίνομαι, "appear," representing the apodosis of a fut. less vivid condition in indirect discourse (= ἂν φανείη).
3  κατασκευήν: "preparations" or "arrangements" for a particular activity or occasion, here the furniture and other accoutrements necessary for a dinner and subsequent symposium.
   μοι: dat. of advantage (S 1481), best translated as if it were a possessive gen. with κατασκευήν.
   ἀνδράσιν: dat. of means or instrument with κεκοσμημένος εἴη.
4  ἐκκεκαθαρμένοις: perf. pass. part. < ἐκ-καθαίρω, "thoroughly purified" (i.e., by the study of philosophy).
   τὰς ψυχάς: acc. of respect.
   ὁ ἀνδρών: that room in a Greek house, off-limits to respectable women, in which men dined and engaged in drinking-parties.
5  μᾶλλον: reiterates the comparative force of λαμπροτέραν.
   ἢ εἰ: sc. κεκοσμημένος εἴη.
   σπουδαρχίαις: "political hopefuls" (Bowen), lit. "ones eager for (political) offices."

I. 5
2  ὅτι: causal.
   Πρωταγόρᾳ τε: The τε looks ahead to καὶ Γοργίᾳ κτλ. Protagoras, Gorgias, and Prodicus were all eminent sophists in the last third of the 5th century B. C.
2f.  ἐπὶ σοφίᾳ: "for (i.e., to gain) wisdom."
3  ὁρᾷς: "see," i.e., "look on, consider."

4 αὐτουργούς τινας τῆς φιλοσοφίας: "amateurs in philosophy, as it were" ("do-it-yourself philosophers," Bowen), as opposed to the "professionals" hired by Callias. The indefinite τινας "apologizes" for the metaphor (S 1268).

I. 6
1 καὶ πρόσθεν μέν γε: "Yes (γε), *formerly*, in fact (καί)..."; see App. 8. C. and 2. C.
1f. ἀπεκρυπτόμην ὑμᾶς ἔχων... λέγειν: "I used to conceal from you the fact that I was able to say...." For ἔχω + infin. = "be able" see S 2000a.
2 πολλὰ καὶ σοφά: "many clever things." When πολύς is followed by a second adjective in the same construction, they are regularly linked by an untranslated καί (S 2879).
παρ' ἐμοί: "beside me," i.e., "at my house."
3 πάνυ πολλῆς σπουδῆς: "of very serious attention."

I. 7
1 ὥσπερ εἰκὸς ἦν: "as was natural/to be expected" (since politeness required an initial refusal).
2 ἐπαινοῦντες τὴν κλῆσιν: "declining the invitation with thanks " (lit. "praising the call"; see LSJ s. v. ἐπαινέω III).
οὐχ ὑπισχνοῦντο: "would not undertake/promise"; a negated impf. often denotes "resistance or refusal" (S 1896).
συνδειπνήσειν: fut. infin., as usual with verbs of promising (S 1868).
2f. ὡς δὲ πάνυ ἀχθόμενος φανερὸς ἦν: "but when it became clear that he was very upset/offended," lit. "when he was manifest/evident in being very upset" (personal for impersonal construction, S 2107).
3 εἰ μὴ ἕποιντο: "(at the thought) that they would not follow (him)." "Many verbs of emotion state the cause more delicately with εἰ (ἐάν) *if* as a mere supposition than by ὅτι" (S 2247); the opt. is used because the clause represents Callias' point of view (implied indirect discourse, S 2622a).
4f. αὐτῷ... παρῆλθον: "entered as his guests" (lit. "for him," dat. of advantage).

I. 8
1 μὲν οὖν: transitional; see App. 11. A.
2 κατεκλίθησαν: aor. pass. < κατα-κλίνω. Adult males (but apparently not boys) reclined at meals and symposia.

I. 8        Xenophon's Symposium        39

3   ἐννοήσας τις: to be construed with ἡγήσατ' ἄν as equivalent to the protasis of a past contrary-to-fact condition: "anyone who had perceived ... would have supposed...."
    τὰ γιγνόμενα: "what was happening."
4   κάλλος: neut. noun, subject of βασιλικόν τι ... εἶναι.
    ἄλλως τε καί: "especially" (S 2980).
4f. ἄν (= ἐάν) ... κεκτῆται: perf. subj. < κτάομαι, "acquire," perf. "possess"; protasis of pres. general condition.
5   καθάπερ: "just as."
    αὐτό: i.e., κάλλος.

I. 9
1   φανῇ: "appears"; aor. pass. subj. < φαίνω.
2   προσάγεται: mid. with reflexive force ("draws to itself"); the subject is φέγγος.
    οὕτω καὶ τότε: "so too on that occasion."
3   εἷλκε: impf. < ἕλκω, "draw."
    ἔπειτα: answers πρῶτον μέν two lines earlier; the omission of δέ in this situation is regular (GP 377).
3f. οὐδεὶς οὐκ ἔπασχέ τι: lit. "no one did not suffer something," i.e., everyone experienced a reaction of some sort. The only situation in which two negatives cancel each other out and make an affirmative is when, as here, a simple negative (οὐ or μή) follows another negative in the same construction (S 2760).
4   τὴν ψυχήν: acc. of respect.
    ὑπ' ἐκείνου: "under his influence."
    μέν γε: quasi-connective, "introducing a reason, explanation, or instance" (GP 160), "for on the one hand...."
5   καί: either "even" or "in turn," "for their part" (GP 305).
    ἐσχηματίζοντό πως: "were striking poses of one sort or another."

I. 10
1   μὲν οὖν: See App. 11. A.
1f. ἐκ ... του (= τινός): expressing agency regarded as source (S 1678).
2   κατεχόμενοι: "possessed."
2f. οἱ μὲν ἐξ ἄλλων (θεῶν ): sc. κατεχόμενοι.
3f. πρὸς τὸ ... ὁρᾶσθαι καὶ ... φθέγγεσθαι καὶ ... εἶναι φέρονται: "have a tendency to appear ... and speak ... and be" (lit. "are carried toward appearing" etc.); compound articular infin. as object of preposition (S 2034b).

γοργότεροι, φοβερώτερον, σφοδρότεροι: The comparatives have the force of "rather, somewhat, more than the norm" (S 1082d); γοργός means "grim, fierce," σφοδρός "vehement in manner."
5 τὰ ... ὄμματα φιλοφρονεστέρως ἔχουσι: "have a kindlier look in their eyes" (lit. "keep their eyes in a kindlier state").
6f. τὰ σχήματα εἰς τὸ ἐλευθεριώτερον ἄγουσιν: "modulate their gestures and bearing in a manner more suitable to free men."
7f. ἃ δὴ ... πράττων: "Doing precisely *those* things ..." The relative pronoun is "conjunctive" in force, i.e., functionally equivalent to a backward-pointing demonstrative in combination with a connective particle (S 2490); the δή is emphatic and intensive (S 2843).
7 καὶ ... τότε: adds the specific instance of Callias to the general rule enunciated in the preceding sentence.
8 ἀξιοθέατος ... τοῖς τετελεσμένοις τούτῳ τῷ θεῷ: "worthy to be gazed at by those who had been initiated into the worship of this god" (i.e., Eros). For the sense of τελέω see LSJ III; τούτῳ τῷ θεῷ is grammatically a dat. of advantage ("to serve/for the benefit of").

I. 11
1f. ὥσπερ τοῦτο ἐπιτεταγμένον αὐτοῖς: "as though this had been enjoined upon them" (acc. absolute, S 2078).
2f. γελωτοποιός: a professional comedian.
3 εἶπε τῷ ὑπακούσαντι: "told the person who answered the knock," with εἶπε + inf. used as a verb of commanding (S 1997); for the sense of ὑπακούω see LSJ II. 1.
3f. ὅστις τε εἴη καὶ δι' ὅ τι ... βούλοιτο: indirect questions dependent on εἰσαγγεῖλαι, with the regular replacement of interrogatives by indefinite relatives (S 2664).
4 κατάγεσθαι: "to be admitted."
4f. συνεσκευασμένος τε ... πάντα τὰ ἐπιτήδεια: "and having provided himself with all necessities" (< συσκευάζομαι); the τε links this clause with the preceding one.
5 δειπνεῖν τἀλλότρια (= τὰ ἀλλότρια): "to dine on other people's food."
5f. καὶ ... δέ: See App. 3. Since no further reference is made to a slave (παῖδα) accompanying Philip, Huss suggests that the comedian is alluding in humorous fashion to his stomach.
7 ἀνάριστον: "unbreakfasted" (← ἀν- + ἄριστον), agreeing with the understood acc. subject of εἶναι.

I. 12    Xenophon's Symposium    41

## I. 12
1f. **ἀλλὰ μέντοι**: assentient ἀλλά, asseverative μέντοι; see App. 1. B and 13. B.
2  **αἰσχρὸν** (sc. ἐστί) **στέγης γε φθονῆσαι**: "it's a shame to begrudge (him) *shelter*, at any rate."
   **εἰσίτω**: 3rd sing. imper. < εἴσ-ειμι, "come/go in."
3  **ἀπέβλεψεν εἰς**: "looked fixedly at." The verb literally means "look away" (i.e., from other things, so as to concentrate on one thing in particular).
   **δῆλον ὅτι**: "clearly, evidently" (S 2585).
3f. **τί ἐκείνῳ δόξειε τὸ σκῶμμα εἶναι**: "what he thought of the joke," lit. "what the joke seemed to him to be." Since there is nothing obviously witty in what Callias has just said, Huss suggests that (a) Philip's arrival on the scene was arranged ahead of time by Callias and (b) the "joke" is Philip's (and Callias's) pretence to the contrary.

## I. 13
1  **ἐπὶ τῷ ἀνδρῶνι**: "on the threshold of the dining-room."
2  **ὅτι ... εἰμι**: indirect statement dependent on ἴστε (< οἶδα).
3f. **τὸ ... ἐλθεῖν**: articular infin., subject of the indirect statement γελοιότερον εἶναι.
   **ἄκλητον, κεκλημένον**: both acc. masc. sing., agreeing with the understood subject of ἐλθεῖν.
4  **κατακλίνου τοίνυν**: "Go ahead and lie down, in that case." Inferential τοίνυν (App. 15) is "often found with imperatives" (S 2987).
6  **ἐνδεέστεροι**: "somewhat in need of" (+ gen.); for the force of the comparative see on I. 10. 3f.

## I. 14
2  **ἵνα δή**: In purpose clauses δή may imply that "the object ... is not to be attained by the means in question" (GP 232).
   **ὧνπερ ἕνεκα**: "(those things) for the sake of which," i.e., "the purpose for which."
   **ἐκαλεῖτο**: impf. of customary action (S 1893), as ἑκάστοτε ("on each occasion") makes clear.
3f. **ἀχθεσθεὶς φανερὸς ἐγένετο**: See on ἀχθόμενος φανερὸς ἦν in I. 7. 2f.
5  **ἐβούλετο λέγειν**: "tried to say"; i.e., he did say something, and he wanted it to provoke laughter, but it failed to do so.

## I. 15

5f. ἐν τῷ μεταξὺ παυσάμενος τοῦ δείπνου: "having stopped eating in the midst of the meal," lit. "having ceased from dinner in the midst (of it)."
6 συγκαλυψάμενος: "having covered his head with his cloak," lit. "having wrapped himself up completely."

1 τί τοῦτ(ο): sc. ἐστί.
ἀλλ' ἦ: a combination "giving lively expression to a feeling of surprise or incredulity" (S 2786, GP 27). "Can it be that...?"
εἴληφε: perf. < λαμβάνω.
2 καὶ ὅς ... εἶπε: "And he said"; for the archaic demonstrative ὅς see S 1113.
ναὶ μὰ Δί(α): "Yes, by Zeus." Affirmative asseverations are introduced by ναὶ μά or νή + acc. of deity sworn by, negative by οὐ μά or μά.
μεγάλη γε: For intensive or "exclamatory" γε with expressions of size see App. 8. A.
3 ἀπόλωλεν: "has perished," intransitive perf. of ἀπόλλυμι.
ἔρρει τὰ ἐμὰ πράγματα: "My business is ruined" (Todd), "My occupation's gone" (Bowen). ἔρρει is pres. with perf. force; cf. LSJ II. 3.
4 τούτου ἕνεκα: anticipates the ἵνα clause (S 2195).
5f. τίνος ἕνεκα καὶ καλεῖ μέ τις: "why in fact *will* anyone invite me?" On the force of καί see App. 2. C. and S 2884.
6 σπουδάσαι: "turn serious" (Todd). The aor. is ingressive, denoting the entrance into a state or condition (S 1924).
ἤπερ: This strengthened form of the comparative ἤ may have an epic resonance (cf. GP 487), which would suit Philip's tendency toward self-dramatization.
7 μήν: either asseverative, "certainly," "to be sure" (S 2920) or progressive, "moreover," "again" (GP 338).
ὡς ἀντικληθησόμενος: "in the expectation of being invited in return" (fut. pass. part. < ἀντι-καλέω); the ὡς "sets forth the ground of belief on which the agent acts" (S 2086).
8 ἴσασιν: 3rd pl. < οἶδα.
ἀρχήν: adverbial; either "in the first place," "to begin with" or (with following negative) "at all."
οὐδὲ νομίζεται: "it isn't even customary" (LSJ I. 1).
9 ἀπεμύττετο: "kept blowing his nose."

I. 16
2   ὡς αὖθις γελασόμενοι: "on the ground that they would laugh next time."
3   καὶ ἐξεκάγχασεν: "actually guffawed"; for the force of καί see App. 2. C.
4   ᾔσθετο < αἰσθάνομαι.
5   θαρρεῖν = θαρσεῖν, "take courage, be brave."
    συμβολαί: Philip puns on two different meanings of συμβολή, "(military) encounter/engagement" (LSJ II) and "contribution made to a shared meal or entertainment" (LSJ IV).
    ἐδείπνει: "began eating (dinner)"; inceptive or inchoative impf. (S 1900).

II. 1
1   ἀφῃρέθησαν: 3rd pl. aor. pass. < ἀφ-αιρέω.
    ἔσπεισαν < σπένδω, "pour a libation."
2   ἐπὶ κῶμον: "for the purpose of (providing) entertainment."
3   ἔχων τε αὐλητρίδα: The position of τε indicates that a second ἔχων is to be supplied in thought before ὀρχηστρίδα (S 2983c, GP 518f.).
3f. τῶν τὰ θαύματα δυναμένων ποιεῖν: "one of those capable of performing acrobatic stunts" (partitive gen.).
4   πάνυ γε ὡραῖον: "*very* good-looking"; on γε see App. 8. A.
5   ταῦτα: The gender shows that the reference is to the performances rather than the performers themselves.
    δὲ καί: "and in fact" (App. 2. C).
    ὡς ἐν θαύματι: either with ἐπιδεικνύς, "exhibiting as a spectacle" (Todd), or with ἀργύριον ἐλάμβανεν, "made a prodigious living" (Bowen).

II. 2
1f. ἡ αὐλητρὶς μὲν ... ὁ δὲ παῖς: combines the two possible positions for antithetical μὲν/δέ relative to a substantive and its article (GP 373).
3   νὴ Δί(α): See on I. 15. 2.
    τελέως: "perfectly" (adverb of τέλε(ι)ος).
4   παρέθηκας < παρα-τίθημι.

II. 3
1   καὶ ὃς ἔφη: See on I. 15. 2.
    τί οὖν εἰ: "Well, then, what if...?"
2   ἐνέγκαι: aor. opt. < φέρω.

μηδαμῶς: "By no means (do that)," with ellipsis of imper.
3   τοι: See App. 14.
    ἐσθὴς ἄλλη μὲν ... ἄλλη δέ: "one (type of) clothing..., another...."
5   ἀνδρός: governed by ἕνεκα.
    δήπου: Etymologically (δή + που) this particle combines affirmation ("certainly") and doubt ("I suppose"), but in practice the latter element is more often assumed than genuine (S 2850, GP 267). Possible renderings include "presumably," "I imagine," "no doubt," "of course," "naturally," "you must admit."
    μέντοι: adversative, answering ἀνδρὸς μέν (App. 12. A).
6   ἄλλως τε καὶ ἄν (= ἐάν): See on I. 8. 4.
6f. ἡ Νικηράτου τοῦδε: "the wife of Niceratus here"; demonstratives generally omit the article with a proper name (S 1178b).
7f. τί καὶ προσδέονται: "what additional (προσ-) need do they in fact (καί) have?" (App. 2. C).

II. 4
1   αὐταί: "by themselves," "as they are," "unaided" (S 1209a).
    ἐλαίου δὲ τοῦ ἐν γυμνασίοις: Greek athletes regularly anointed themselves with olive-oil before and after exercise.
2   ἢ μύρου: sc. ὀσμή.
    γυναιξί: construe with both ἡδίων ("more pleasing to") and ποθεινοτέρα ("more missed by").
4   ἐλευθερίων μόχθων: "exertions appropriate to free-born men," i.e., gymnastic exercise rather than physical labor.
5   ἐπιτηδευμάτων, χρόνου: gen. objects of δέονται.
    πρῶτον: "in the first place," i.e., most importantly.
7   οὐκοῦν: transitional ("Well ..."); see App. 13. B.
8   τοὺς μηκέτι γυμναζομένους: The use of μή rather than οὐ with the attributive part. denotes a general class (S 2734).
    δεήσει: fut. of impersonal δεῖ.
9   καλοκἀγαθίας: "essence of gentleman" (Bowen; see on I. 1. 1); gen. sing. governed by an understood ὄζειν δεήσει.
10  καὶ πόθεν: On καί with interrogatives see App. 2. A.
12  ἀλλὰ πόθεν δή: "Well, from *where*, then?" Intensive δή "adds urgency" to questions (S 2843a); for the use of ἀλλά "after a rejected suggestion" see App. 1. A.
13  ὁ μὲν Θέογνις: "Theognis for one" (μέν *solitarium*; see App. 9). Theognis was an elegiac poet of (probably) the 6th century B. C.
14  ἐσθλῶν: governed by ἀπ(ό).
    διδάξεαι: "you will learn," 2nd sing. fut. mid. < διδάσκω.
    ἢν δὲ κακοῖσι = ἐὰν δὲ κακοῖς.

## II. 4

15 συμμίσγῃς: "mingle with, associate with" (= Attic συμμειγνύῃς).
ἀπολεῖς < ἀπόλλυμι.
καὶ τὸν ἐόντα νόον: "even the intelligence which you already have."

## II. 5

2 χρῆται < χράομαι, "use, put to use."
γοῦν: "at least," "at any rate," "at all events." γοῦν "commonly confirms a previous general assertion by giving a special instance of its truth" and thus is used "in bringing forward a reason, which, while not absolutely conclusive, is the most probable explanation of a previous statement" (S 2830), a function which Denniston calls "part proof" (GP 451).

4f. If the OCT is correct in positing a lacuna here, the overall sense must be: just as Autolycus, with your guidance, chose a qualified trainer to assist him in realizing his athletic ambitions, "so now again (αὖ) he will associate with whomever he regards as most competent in furthering/practicing these pursuits" (i.e., the achievement of καλοκἀγαθία).

4 <τό>: Angle brackets (< >) indicate a word or words omitted in the manuscripts but regarded by the editor as necessary to the sense.

## II. 6

1 ἐνταῦθα δή: "At *that* point..."; intensive δή is regularly used to emphasize temporal adverbs (S 2844, GP 206f.).

1f. ὁ μέν τις ... ὁ δέ τις: "one ... another ...." τις added to a pronoun makes it indefinite, "whoever he was"; see LSJ A. II. 10. a and c).

2 τούτου: i.e., the state of being καλὸς κἀγαθός.

2f. ὡς (= ὅτι) ... εἴη: indirect statement dependent on an understood εἶπεν.

2 οὐδὲ διδακτόν: "not even capable of being taught."

3 ὡς εἴπερ τι καὶ ἄλλο καὶ τοῦτο μαθητόν (sc. εἴη): lit. "that if anything else *in addition* is learnable, this *too* (i.e., καλοκἀγαθία itself) is learnable." The two καί's are in "balanced contrast"; see App. 2. B.

## II. 7

1f. εἰς αὖθις: "until another time."

2 ἀποθώμεθα < ἀποτίθεμαι, "set aside."
τὰ προκείμενα ἀποτελῶμεν: "let's finish off the business at hand."

3 ἐφεστηκυῖαν: perf. act. fem. part. < ἐφ-ίστημι. ὁράω with the part. may denote either physical perception ("I see the dancer standing by") or intellectual perception ("I see that the dancer is standing by"); see S 2112.

τροχούς: "hoops."

## II. 8
1   ἐκ τούτου δή: "after this," "thereafter, " "next," a formula of transition much used in this work. For δή see on II. 6. 1.
    ηὔλει: inceptive impf. < αὐλέω, "play the *aulos*" (a reed instrument rather like an oboe).
2   ἀνεδίδου: impf. of repeated action.
3   δονουμένους: modifies an understood τροχούς.
3f. συντεκμαιρομένη: "estimating, calculating."
4   ὅσον ... ὕψος: "how great a height."
    ὡς ... δέχεσθαι: "so as to catch," expressing intended result (S 2267). Xenophon frequently expresses result with ὡς instead of ὥστε (S 2273a).

## II. 9
1f. ἐν πολλοῖς μὲν ... καὶ ἄλλοις ... καὶ ἐν οἷς δ' ἡ παῖς ποιεῖ: μέν and δέ set up an antithesis between other (unspecified) proofs of women's nature and the specific actions being performed by the dancer (cf. S 1273). The first καί links πολλοῖς and ἄλλοις (see on I. 6. 2); on καὶ ... δέ see App. 3.
2   δῆλον ... ὅτι: sc. ἐστί.
    ἐν οἷς = ἐν τούτοις ἅ; attraction of relative to case of omitted antecedent (S 2531).
    οὐδέν: "not at all" (adverbial acc. of measure or degree, S 1609).
3   τῆς τοῦ ἀνδρὸς (sc. φύσεως): gen. of comparison with χείρων, "worse."
    οὖσα τυγχάνει: See on I. 2. 2.
    γνώμης ... καὶ ἰσχύος: "judgment and physical strength."
4   ὥστε: "And so," introducing an independent sentence (S 2274a).
    θαρρῶν: "in full confidence" (Bowen).
4f. ὅ τι βούλοιτ' ἂν αὐτῇ ἐπισταμένῃ χρῆσθαι: "whatever he would like to have her know," lit. "whatever he would like to treat her as knowing." On χράομαι + dat. of person see LSJ s. v. χράω C. IV. 1; it appears three more times in the following section, each time with a different shade of meaning: 10. 2 χρῇ "put up with," 10. 8 χρήσεσθαι "manage," 10. 9 χρῆσθαι "deal with."

## II. 10
1f. οὕτω γιγνώσκων: "holding such views"; see on I. 1. 3.
2   καὶ σύ: i.e., like other men who have wives (especially Socrates' friends).

II. 10        Xenophon's Symposium        47

      ἀλλά: "rather than."
2f.   τῶν οὐσῶν (sc. γυναικῶν): partitive gen. with χαλεπωτάτῃ.
3     οἶμαι δὲ καί: "and also, I think" (adding past and future women to those now in existence).
5     ἱππικούς: "experts in horsemanship." The adjectival suffix -ικός frequently bears the connotation "skilled at" or "knowledgeable in."
6     κτωμένους < κτάομαι; part. in indirect statement with verb of perception; subject is τούς ... βουλομένους γενέσθαι.
7     κατέχειν: "be master of, keep under control" (LSJ I. 2).
7f.   τοῖς γε ἄλλοις: γε emphasizes ἄλλοις, despite its position; see App. 8.
8     κἀγώ = καὶ ἐγώ.
9     ὁμιλεῖν: "associate with."
10    ὑποίσω: fut. < ὑπο-φέρω, "bear up under, endure." εἰ + fut. indic. forms the protasis of a fut. most vivid (or "emotional future") condition (S 2328), typically used in threats and warnings. Here the force is probably "if (against all odds) I will persist in...."
11    μὲν δή: transitional; see App. 10.
      οὐκ ἀπὸ τοῦ σκοποῦ: "not far off the mark."
12    εἰρῆσθαι: perf. pass. infin. < λέγω.

II. 11
1     εἰσηνέχθη: aor. pass. < εἰσ-φέρω.
1f.   περίμεστος ξιφῶν ὀρθῶν: "closely set (lit. 'full') all around with upright swords."
2     ταῦτα: sc. τὰ ξίφη.
      ἐκυβίστα < κυβιστάω, "tumble, somersault."
3     θεώμενοι < θεάομαι, "watch, observe."
      μή τι πάθῃ: In a fear clause after a secondary tense "the subjunctive presents the fear vividly, i.e., as it was conceived by the subject" (S 2226).

II. 12
2     τούς γε θεωμένους: restrictive γε (App. 8. B).
      τάδε ἀντιλέξειν ... ὡς (= ὅτι) οὐχί: "will deny that"; τάδε anticipates the indirect statement and οὐχί is the "redundant negative" regularly found in such contexts (S 2743).
3     διδακτόν (sc. ἐστι): modifies ἀνδρεία; the neut. predicate adjective referring to a masc. or fem. subject is normal "in statements of a general truth" (S 1048).
4     ἵεται: 3rd sing. mid. < ἵημι, "hurls herself."

## II. 13
1f. τῷ Συρακοσίῳ κράτιστον (sc. ἐστὶν) ἐπιδείξαντι ... εἰπεῖν: "the best thing for the Syracusan (to do) is to display ... and (then) announce/ declare."
4 ὁμόσε ... ἰέναι (+ dat.): "to come to close quarters with, face."

## II. 14
1 καὶ μήν: "certainly," denoting "hearty assent" (S 2921; cf. GP 353).
2 θεῴμην: pres. opt. < θεάομαι.
Πείσανδρον: a contemporary politician attacked by Aristophanes (*Peace* 395, *Birds* 1556ff., *Lysistrata* 490) and other comedians for, among other things, his cowardice in battle.
3 ἀντιβλέπειν (+ dat.): "look straight at, look in the face."
οὐδέ: "not even."

## II. 15
2 εἶδετ(ε) < ὁράω.
ὡς: introduces the clause as a whole, i.e., not "how handsome" but "how, handsome though he is, he nevertheless ...."
<ὁ> παῖς: For the significance of the angle brackets see on II. 5. 4.
3 ἡσυχίαν ἔχῃ: "keeps still, is at rest."
4 ἐπαινοῦντι ἔοικας: "you appear to be praising," lit. "you resemble one praising" (S 2089c, 2133).

## II. 16
1 καὶ γάρ: See App. 5. B.
2 προσενενόησα < προσ-εν-νοέω, "observe besides/in addition."
οὐδὲν ... τοῦ σώματος: "no part of his body."
ἀργόν (= ἀεργόν): "idle."
4 τὸν μέλλοντα εὐφορώτερον τὸ σῶμα ἕξειν: "anyone who intends to have a more limber body," lit. "to have his body (in a) more limber (state)." Adjectives modifying parts of the body regularly take the predicate position, particularly in conjunction with ἔχειν.
4f. ἐγὼ μέν: "I for one, I personally" (μέν *solitarium*; see App. 9).
7 τί ... χρήσῃ (< χράομαι) αὐτοῖς: "What use will you make of them?" τί is a cognate or inner acc. (S 1573).

## II. 17
2f. μάλα ἐσπουδακότι τῷ προσώπῳ: dat. of accompanying circumstances (S 1527), "with a very serious (expression on his) face." Intensifying μάλα may either precede the word it qualifies (as here and in III. 10. 3) or follow it (as in IV. 7. 1).

## II. 17

3 **πότερον**: normally used to introduce the first part of a double question (S 2656), but here there will prove to be three: πότερον ἐπὶ τούτῳ (γελᾶτε) ... ἢ ἐπ' ἐκείνῳ γελᾶτε ... ἢ τόδε γελᾶτε ....
3f. **ἐπὶ τούτῳ εἰ ... ἢ εἰ ... ἢ εἰ**: "at this, (namely the supposition) that ... or that ... or that ...." For the use of a conditional clause to express the cause or occasion of an emotion see on εἰ μὴ ἔψοιντο in I. 7. 3.
4 **ἥδιον**: "with greater pleasure."
5 **ἐσθίειν καὶ καθεύδειν**: sc. βούλομαι γυμναζόμενος.
**ἐπιθυμῶ**: governs both a direct object in the gen. (τοιούτων γυμνασίων) and an infin. (ποιεῖν four lines below), with παχύνεσθαι and λεπτύνεσθαι to be extrapolated from each ὥσπερ clause and supplied in thought after μή and μηδ(έ). "I desire such exercises, not (to bulk up or reduce) as long-distance runners and boxers do, but rather to make ...."
6ff. **τὰ σκέλη μὲν ... τοὺς ὤμους δὲ ... τοὺς μὲν ὤμους ... τὰ δὲ σκέλη**: for the variable position of μέν/δέ see on II. 2. 1f.
8f. **πᾶν ἰσόρροπον ποιεῖν**: "to make every part (of the body) equally well-balanced."

## II. 18

3 **οἶκος ἑπτάκλινος**: "a room big enough to hold seven dining-couches" (a standard size). For οἶκος as "room" (= οἴκημα) see LSJ I. 2.
4 **ἐνιδρῶσαι**: "(for him) to sweat in" (← ἐν + ἱδρώς); infin. with verb expressing fitness or sufficiency (S 2000).
**χειμῶνος**: "in winter," gen. of time within which (S 1444).
**ἐν στέγῃ**: "under cover, indoors."

## II. 19

1 **τόδε γελᾶτε**: The construction with γελάω shifts from ἐπί + dat. to direct object (LSJ II. 2); τόδε anticipates the content of the εἰ clause that follows.
2 **μείζω** (= μείζονα) **τοῦ καιροῦ**: "bigger than it ought to be," lit. "bigger than due measure/the appropriate amount." For the adjective in predicate position see on II. 16. 4.
3 **ἔναγχος ἕωθεν**: "just the other morning" (lit. "recently from dawn"). **οὑτοσί**: The deictic ("pointing") suffix -ί is often added to demonstratives for emphasis (S 333g).
4 **κατέλαβε**: "found on arrival, caught" (LSJ II. 2).
6 **ἐξεπλάγην**: aor. pass. < ἐκ-πλήττω, "strike out (of one's senses), astonish."

ἔδεισα: "was seized with alarm," ingressive aor.; see on σπουδάσαι in I. 15. 6.
σου ἤκουσα ὅμοια: ἀκούω takes acc. of thing heard, gen. of person or source heard from (S 1361, 1411).
6f. οἷς (= τούτοις ἅ) ... λέγεις: attraction; the dat. is governed by ὅμοια.
7 ὠρχούμην μὲν οὔ: οὐ receives an acute accent when it stands at the end of a sentence (S 180a); its placement after the verb it negates heightens the contrast signaled by μὲν/δέ (S 2690).
8 ἐχειρονόμουν δέ: "but I *did* do some shadow-boxing."

## II. 20
1 καὶ γὰρ οὖν: "and as a consequence," a characteristically Xenophontic substitute for the more regular τοιγαροῦν (GP 112).
1f. οὕτω ... ἰσοφόρα: "so equally matched" (in strength and/or weight).
2 φαίνει: 2nd sing. < φαίνομαι, governing ἔχειν.
2ff. δοκεῖς ἐμοί ... ἀζήμιος ἂν γενέσθαι: "it seems to *me* that you would get off without a fine." With verbs of seeming and appearing Greek tends to prefer the personal over the impersonal construction (S 1983); cf. ἀχθόμενος φανερὸς ἦν in I. 7. 2f.
2 κἂν (= καὶ ἄν): the καί is adverbial with εἰ ("even if"); ἄν anticipates the ἄν with γενέσθαι (S 1765a).
2f. εἰ ... ἀφισταίης: protasis of fut. less vivid condition, with ἄν γενέσθαι (= ἂν γένοιο) as apodosis.
τοῖς ἀγορανόμοις: officials who regulated and supervised the buying and selling of goods in Athenian markets.
5 ἐμὲ μέν: See App. 9.
παρακάλει: 2nd sing. imper. < παρακαλέω.
6 ἀντιστοιχῶ: "stand opposite (while dancing)" (← στοῖχος, "row, file, line").

## II. 21
1 ἄγε δή: "Come now," frequently used before imperatives (S 1836); hence the καί before ἐμοί is adverbial ("too"), not connective. Intensive δή adds urgency to imperatives (S 2843a, GP 216f.).
αὐλησάτω: sc. ἡ αὐλητρίς.
4 ὄρχησιν: object of both διῆλθε and μιμούμενος, "went through the (entire) dance, imitating it."

## II. 22
1ff. πρῶτον μὲν ὅτι ... ὅτι δ' ... τέλος δ' ὅτι: the ὅτι in each case is causal.

II. 22

2f. **ἀνταπέδειξεν ὅ τι κινοίη κτλ**.: ἀποδείκνυμι means (among other things) "make" or "render"; ἀντί adds the notion "in answer" or "in response." "He made whatever (part) of his body he moved, each and every one of them (ἅπαν), more laughable than it naturally was (lit. 'than nature') in response (to the boy's performance)." κινοίη is opt. in a past general conditional relative clause (S 2568).

3f. **εἰς τοὔπισθεν** (= τὸ ὄπισθεν): "backwards."

4 **ταὐτά** (= τὰ αὐτά; note breathing): "in the same way, similarly" (adverbial acc.).

4f. **εἰς τὸ ἔμπροσθεν**: "forwards."

6 **ὡς ... γυμνάζοι**: indirect exclamation in secondary sequence, hence opt. (S 2686).

7 **θάττονα** < θάττων, comparative of ταχύς.
**ἐπάγειν**: "bring on, introduce."
**ἵει**: inceptive impf. < ἵημι, "started throwing about."

II. 23

1 **ἀπειρήκει**: plupf. < ἀπ-εῖπον, "forbid, renounce" and hence "give up (an action) due to exhaustion, fail, tire."

2 **τεκμήριον ... ὅτι**: "(Here's) proof that ...."
**καλῶς γυμνάζει**: "give good exercise."

2f. **καὶ τὰ ἐμὰ ὀρχήματα**: i.e., not just the boy's.

3 **γοῦν**: See on II. 5. 2.
**ἐγχεάτω**: 3rd sing. aor. imper. < ἐγ-χέω, normally "pour in" (with acc. of liquid poured) but here "fill by pouring in."

II. 24

1 **αὖ**: "again" or "in turn."
**ἀλλά**: assentient; see App. 1. B.
**πίνειν μέν**: looks forward to the contrast eventually signaled by μέντοι in II. 25. 1. The point will be that while drinking in and of itself is fine, drinking to excess (like watering plants to excess) is harmful and should be avoided.

2 **δοκεῖ**: "seems good" (S 1985, LSJ II. 4. b).
**τῷ ... ὄντι**: "in reality" (lit. "with respect to that which is").

3 **ὥσπερ ὁ μανδραγόρας**: sc. κοιμίζει; the plant known as mandragora or mandrake has soporific properties.

4 **φιλοφροσύνας**: either "friendly feelings" (cf. LSJ I) or "bouts of gaiety" (cf. LSJ II); use of the pl. tends to "concretize" abstract nouns (S 1000).
**φλόγα**: acc. < φλόξ, "flame."

## II. 25

1 **μέντοι**: adversative (App. 12. A).
2 **καὶ ... καί**: "balanced contrast" (App. 2. B).
  **ταὐτὰ** (= τὰ αὐτὰ) **πάσχειν**: "experience the same effects."
3 **καὶ γὰρ ἐκεῖνα**: "for those too." with adverbial καί and causal γάρ; see App. 5. A.
  **ἄγαν ἀθρόως**: "too much all at once."
4 **ὀρθοῦσθαι**: "stand up straight."
  **ταῖς αὔραις διαπνεῖσθαι**: "be blown through by the breezes."
5 **ὅσῳ**: dat. object of ἥδεται.
  **καὶ μάλα**: "very much"; for καί with intensive adverbs see App. 2. C.
6 **καρπογονίαν**: "(state of) fruit-production."

## II. 26

1 **ἄν** = ἐάν.
3 **σφαλοῦνται**: "will reel/stagger," fut. mid. (with pass. force) < σφάλλω, "trip up, cause to stumble."
  **οὐδὲ ... μὴ ὅτι**: "not even ... much less/let alone" (S 2763d).
  **λέγειν τι**: "say something/anything of importance" (S 1269).
4 **μικραῖς κύλιξι πυκνὰ ἐπιψακάζωσιν**: "besprinkle frequently with small cups." Both the adverbial πυκνά and ἐπιψακάζωσιν have "poetic" coloring.
5 **ἐν Γοργιείοις ῥήμασιν**: "in Gorgianic phraseology." Gorgias (c. 485-380 B. C.) was a sophist and rhetorician known for his use of highly wrought diction and far-fetched metaphors.
6 **ὑπὸ τοῦ οἴνου**: best taken as expressing agency with both βιαζόμενοι and ἀναπειθόμενοι; since ὑπό + gen. is normally restricted to personal agents, an element of personification is involved (S 1698 N. 1).
  **πρὸς τὸ παιγνιωδέστερον**: For the force of the comparative see on I. 10. 3f.

## II. 27

1 **ἐδόκει ... πᾶσι**: "met with the approval of all"; cf. δοκεῖ in II. 24. 2.
  **προσέθηκε** < προσ-τίθημι, "add (as a stipulation or amendment)."
2 **τοὺς ἀγαθοὺς ἁρματηλάτας**: The article is generic, denoting "an entire class as distinguished from other classes" (S 1122), and hence should be omitted in English.
3 **περιελαύνοντας**: "driving/pushing around (in a circle)."
  **οἱ μὲν δὴ ... οὕτως**: See App. 10.

III. 1 Xenophon's Symposium 53

### III. 1
1 **συνηρμοσμένη ... πρός**: "fitted/adapted (through its mode of tuning) to," perf. pass. part. < συν-αρμόζω.
2 **ᾖσεν** < ᾄδω.
3 **καὶ εἶπεν**: "said as well," i.e., beyond the general approval indicated by ἐπῄνεσαν.
  **ἀλλ' ἐμοὶ μέν**: assentient ἀλλά (App. 1. B.), μέν *solitarium* (App. 9).
4 **ἔφη τὸν οἶνον**: "said of/about wine."
4f. **τῶν τε παίδων τῆς ὥρας**: One would expect the τε to appear after τῆς ("both the beauty and the voices of the young people"), but see on ἔχων τε in II. 1. 3.
6 **ἀφροδίτην**: "sexual desire."

### III. 2
2 **ἱκανοί** (+ infin.): "capable of, competent to."
  **τούτων**: gen. of comparison with βελτίονες.
  **οἶδ' ὅτι**: "surely," parenthetical and elliptical like δῆλον ὅτι in I. 12. 3 (S 2585).
3f. **εἰ μηδ(ὲ) ἐπιχειρήσομεν**: "if we aren't even going to *try* ..."; fut. indic. expressing pres. intention (S 2301).
5 **εἶπαν**: alternative 1st aor. of εἶπον.
  **τοίνυν**: See App. 15.
  **ἐξηγοῦ**: 2nd sing. pres. imper. of ἐξ-ηγέομαι, "expound, explain," here governing an indirect question.
5f. **ποίων λόγων ἁπτόμενοι**: "engaging in what kind of discussion"; the part. is equivalent to the protasis of a fut. less vivid condition (= εἰ ἁπτοίμεθα). ἅπτομαι + gen. literally means "lay hands upon, take hold of, grasp."

### III. 3
1 **τοίνυν**: responding to an invitation to speak; see App. 15.
1f. **ἀπολάβοιμι ... τὴν ὑπόσχεσιν**: "receive the (due fulfillment of his) promise." ἀπο- in compounds often adds a connotation of "what is owed or due" (S 1684. 2).
2 **δήπου**: See on II. 3. 5.
2f. **εἰ συνδειπνοῖμεν, ἐπιδείξειν**: fut. more vivid condition as reported in indirect discourse in past time (S 2619).
3 **τὴν αὑτοῦ σοφίαν**: The possessive gen. of reflexive pronouns (as of demonstratives) goes into the attributive position (S 1184).
4 **καὶ ἐπιδείξω γε**: "Yes, and I *shall* display it" (App. 8. C).
4f. **εἰς μέσον φέρητε**: "state publicly" (lit. "bring into the middle").

5  ὅ τι ἕκαστος ἐπίστασθε ἀγαθόν: "whatever good thing each one of you has knowledge of." For sing. ἕκαστος used with pl. verbs see S 951.
6  ἀλλ' οὐδεὶς ... ἀντιλέγει τὸ μὴ οὐ λέξειν: "Well, no one objects to telling," lit. "no one says in opposition (to your proposal) that he will not tell." Verbs of negative meaning (object, refuse, deny, hinder, etc.) commonly take a redundant μή with the infin. they govern; when such a verb is itself negated, the μή becomes a redundant μὴ οὐ (S 2739-2742).
ἔφη: the subject is Socrates.

III. 4
1  ἐφ' ᾧ μέγιστον φρονῶ: "what I take greatest pride in." The idiomatic expression μέγα φρονέω (lit. "think big") will be used repeatedly in the discussion that follows.
2  γάρ: prefatory (App. 4. A).
βελτίους = βελτίονας (S 293d).
4  διδάσκων: sc. ἀνθρώπους βελτίους ποιεῖς.
5  εἰ καλοκἀγαθία ἐστὶν ἡ δικαιοσύνη: "(By teaching the latter,) if righteousness (which I do teach) is (the same as) καλοκἀγαθία." When one of two nouns linked by the copula has an article and the other does not, the former is the subject, the latter the predicate (S 1150).
6  ἀναμφιλογωτάτη: "most incontrovertible."
ἐπεί τοι; "for as you know"; see App. 14.
7f. ἀνδρεία ... καὶ σοφία ... βλαβερὰ ... δοκεῖ εἶναι: a double subject with neut. pl. predicate adjective and sing. verb (S 1056).
7  ἔστιν ὅτε: "sometimes," lit. "there is when" (S 2515).
8  οὐδὲ καθ' ἕν: "not even in respect to a single particular."
συμμίγνυται: "has a share in, overlaps with" (lit. "is commingled with").

III. 5
1  ἐπειδὰν ... ὑμῶν ἕκαστος εἴπῃ: "After each one of you has said ...." Although in most situations the pres. and aor. subj. (and opt.) differ in aspect only, not in tense, relative time-value is often a factor in temporal clauses (S 1860a).
τοίνυν: See App. 15.
1f. καὶ ὑμῶν ἕκαστος ... κἀγώ (= καὶ ἐγώ): "balanced contrast" (App. 2. C).
ὅ τι ὠφέλιμον ἔχει: either "what useful (skill, quality) he possesses" or "what he holds (to be) useful" (LSJ s. v. ἔχω A. II. 14).

III. 5    Xenophon's Symposium    55

2   οὐ φθονήσω εἰπεῖν: "I shall not refuse to state."
3   ἀπεργάζομαι: "achieve, accomplish."
5   ὁ πατήρ: "My father." Possessive pronouns and adjectives are commonly omitted when the meaning is made clear by the context (S 1121); cf. ἐπὶ τῷ πατρί in III. 13. 3.
    ὁ ἐπιμελούμενος: equivalent in force to a relative clause, its temporal value being determined by the main verb ἠνάγκασεν: "who was concerned...."
5f.  ὅπως ... γενοίμην: an object clause after a verb of care or effort (S 2209-10). Such clauses normally take fut. indic. irrespective of the tense of the leading verb (S 2211); here Xenophon uses the opt. on the analogy of a purpose clause in secondary sequence (S 2214).
6   ἔπη: "verses, (epic) poetry" (pl. of ἔπος).
    καὶ νῦν: If, as seems likely, the καί is adverbial ("even now," i.e., in Niceratus' adulthood) rather than connective, the resulting asyndeton signals a close cause-and-effect relationship between the two clauses (S 2167a); Todd translates "and so."
7   ἀπὸ στόματος: "by heart," lit. "from (the) mouth" (LSJ I. 3. b).

III. 6
1   ἐκεῖνο: "that (well-known) fact," anticipating the ὅτι-clause to come.
    λέληθε < λανθάνω.
3   καὶ πῶς: For καί before an interrogative see App. 2. A.
    ἀκροώμενόν γε: agreeing with an understood με, object of ἄν ... λελήθοι. γε intensifies the implicit causal force of the part. ("inasmuch as I listen, seeing that I listen"); cf. GP 143.
    ὀλίγου (sc. δεῖ): "nearly, almost" (S 1399).
5   ἔθνος: "tribe, class, group."
6   οὔκουν ἔμοιγε δοκεῖ: "certainly not, in my opinion at any rate"; on οὔκουν see App. 13. C. and S 2953a.
7   γάρ: "That's because ..."; see App. 4. B.
    ὑπονοίας: "deeper/inner/underlying meaning(s)," such as were expounded by professional interpreters of Homer like Stesimbrotus of Thasos (cited as a Homeric exegete in Plato's Ion 530d1) and Anaximander the Younger of Miletus.
9   οὐδὲν τῶν πολλοῦ ἀξίων: "none of their valuable knowledge," lit. "nothing of the things worthy of much."

III. 7
1   τί γὰρ σύ: "What about you, then?" (cf. GP 83).
4   ἦ: interrogative (S 2650).

6 **φαῦλος**: "worthless," implying that beauty is the only advantage to which he can lay claim.

### III. 8

3 **ἀνήρετο**: 2nd aor. < ἀν-είρομαι, "ask, inquire."
   **αὐτῷ**: dat. of possession (S 1476).
4 **ἀπώμοσε μηδὲ ὀβολόν** (sc. αὐτῷ εἶναι): "he denied on oath (lit. 'swore away') that he had even an obol" (the smallest unit in the Athenian currency). For redundant μή with verbs of denying see on III. 3. 6.
5 **ἀλλά**: See App. 1. A.
6 **ἂν ... γένοιτο**: Supply "my land" as subject. Often (as here) γίγνομαι is better rendered as "prove" or "turn out to be" than as "become."
7 **ἐγκονίσασθαι**: "sprinkle sand over oneself" (← ἐν + κόνις). Greek wrestlers and pancratiasts first anointed themselves with oil, then dusted themselves with sand to facilitate gripping.

### III. 9

1 **ἀκουστέον ἂν εἴη καὶ σοῦ**: "We should probably hear from *you* as well." The potential opt. softens the assertion of necessity made by the verbal adjective (S 1826).
3 **αὖ**: "on the contrary, by contrast."
5 **ἐπίφθονον, περιμάχητον**: "liable/subject to envy" and "(likely to be) fought over" respectively; the understood subject is πρᾶγμα, referring to poverty.

### III. 10

1 **σὺ δὲ δή**: "But (what about) *you*?"; on δὲ δή "used in passing to a new point" see S 2839.
3 **σεμνῶς**: "solemnly."
4 **μαστροπείᾳ**: "(the business of) procuring/pimping."
6 **ἂν ... λαμβάνοιμι**: "would earn (on a regular basis)," with the pres. aspect denoting customary action.
7 **χρῆσθαι**: "practice, follow."

### III. 11

1 **σύ γε μήν**: "As for *you* ..." (moving on to the next member of the group); the pronoun is brought forward ahead of the governing construction δῆλον (sc. ἐστί) ... ὅτι for the sake of emphasis. For progressive γε μήν see App. 7. B.

### III. 11 Xenophon's Symposium

3 **δικαιότερόν γ'**: "Yes, (and I do so) with greater justification ..." (App. 8. C).
 **Καλλιπίδης**: cited for his over-acting in Aristotle's *Poetics* (1461b34).
4 **κλαίοντας καθίζειν**: "set (to) weeping" (LSJ s. v. καθίζω I. 5).

### III. 12
1 **οὐκοῦν**: See App. 13. A.
3 **οὐ γὰρ ἅπαντες ἴστε**: "Why, don't you all know ...?"; the elliptical γάρ implies that the answer to the preceding question is so obvious that it need not even have been asked (GP 79).
5 **γε μήν**: progressive; see App. 7. B. Hereafter any γε μήν not otherwise identified can be assumed to have progressive force.
 **ἐπὶ τῷ νικηφόρος εἶναι** (sc. μέγα φρονεῖ): Although the articular infin. in which it is embedded is in the dat. case, νικηφόρος is nom. because it refers back to the subject of the sentence (S 1973a).

### III. 13
1 **ἡσθέντες**: aor. part. < ἥδομαι.
1f. **ἤκουσαν ... φωνήσαντος**: With verbs expressing physical perception an aor. part. may denote simple occurrence rather than (relative) past time (S 2112a. N).
2 **ἀλλ' ἐπὶ τῷ** (= τίνι) **μήν**: "Well, what *do* you take pride in, then?" On ἀλλά see App. 1. A; for μήν adding "liveliness" to questions see GP 332.
3 **ἅμα**: "with the words" (Todd), "as he spoke" (Bowen).
 **ἐνεκλίθη**: aor. pass. < ἐγ-κλίνω, "lean against."
6 **μέντοι**: asseverative μέντοι (App. 12. B) is "very common in replies" and often follows νὴ (μὰ) Δία (S 2918).
7 **ἀλλά**: marking surprise in a question (S 2784e). "You mean you don't realize ...?" (Bowen).
 **βασιλέως**: When used without the article, βασιλεύς regularly refers to the Great King of Persia (S 1140).
9 **ἐπ' αὐτοφώρῳ**: "in the very act" or "red-handed" (← αὐτός + φώρ, "thief").
 **εἴλημμαι**: perf. pass. < λαμβάνω.

### III. 14
2 **ἀγάλλῃ**: 2nd sing. < ἀγάλλομαι, "glory, exult." The word has an epic resonance that makes it appropriate for the Homer-expert Niceratus.
4 **ἐμοῦ**: emphatic (great though they are, my friends still care about *me*).

6   καὶ σφίσι: "to them as well." In Attic this form of the 3rd person pronoun is used only as an indirect reflexive, i.e., a reflexive in a subordinate clause which refers back to the subject of the main clause, here πολλοί (S 1228b).
    δηλώσοι: fut. opt. representing fut. indic. in an indirect question in secondary sequence (S 2677).
    οὐ φθονήσει (sc. δηλῶσαι): Note that here, unlike in the previous sentence, the fut. indic. has *not* shifted to the opt. but has been "retained for vividness" (S 2678).

IV. 1
1   ἔλεξεν: The use of ἔλεξα for εἶπον as aor. of λέγω is a characteristically Xenophontic departure from standard Attic prose usage.
    οὐκοῦν: inferential ("Well, in that case ..."); see App. 13. B.
1f. λοιπὸν ἂν εἴη ... ἀποδεικνύναι: "I suspect that it remains ... to prove ..." (Todd); as in III. 9. 1, the potential opt. softens the statement for the sake of politeness.
2   ἃ ἕκαστος ὑπέσχετο (< ὑπ-ισχνέομαι): "the things which each one undertook (to champion)." This relative clause, which is logically the subject of the indirect statement ὡς ... ἐστιν, has been brought forward and made the direct object of ἀποδεικνύναι, a phenomenon known as anticipation or prolepsis (S 2182).
3   ἀκούοιτ' ἄν: potential opt. used as a courteous alternative to the imper. (S 1830). "You may hear (if you so wish) ...."
    γάρ: See App. 4. A.
3f. ἐν τῷ χρόνῳ (ἐν) ᾧ: The omission of the second ἐν is in accordance with regular usage (S 1671).
4   ἀπορούντων < ἀπορέω, "be at a loss, be puzzled."
6   ὦ λῷστε: "my very good friend," lit. "best (of men)"; one of several alternative superlatives of ἀγαθός (S 319a).

IV. 2
1   ἐπαναστάς (< ἐπ-αν-ίστημι): "having leapt to his feet." The ἐπ- may add a nuance of hostility (the verb is used of political insurrections).
    μάλα ἐλεγκτικῶς: "very much in the manner of a cross-examiner" or "in a highly argumentative fashion."
2   ἐπήρετο: "put a further (ἐπ-) question."
3   βα(λ)λαντίῳ: "purse."
    τὸ δίκαιον: "righteousness, sense of justice."

## IV. 2

5    **κἄπειτα** (= καὶ ἔπειτα): a common combination in surprised and/or indignant questions (S 2653, GP 311; cf. App. 2. A). "And then (i.e., given what you've just said) ...?"
     **τὰς ψυχάς**: acc. of respect; supply τοὺς ἀνθρώπους with δικαιοτέρους.

7    **μάλιστα**: a common expression of emphatic agreement (LSJ s. v. μάλα III. 6). "Most certainly!" "I sure do!"

9f.   **ὡς ἔστιν ὅτου πριάμενοι τὰ ἐπιτήδεια ἕξουσιν**: "that they have the wherewithal to buy the necessities of life" (Todd), lit. "that there exists (something) from which, having purchased (them), they will have the necessary things," taking ὅτου (= οὗτινος) as gen. of source (S 1410). Alternatively, ὅτου could be construed as gen. of price (S 1372) with πριάμενοι (aor. part. < ὠνέομαι).

## IV. 3

1    **ἢ καί σοι ... ἀποδιδόασιν**: "Do they actually *repay* you ...?" For ἢ καί in "animated questions" see S 2865; on the force of ἀπο- in compounds see on ἀπολάβοιμι in III. 3. 1f.

2    **οὐ μὲν δή**: "they certainly do not!" As a negative answer to a question, this collocation of particles is found only in Xenophon, and always after μὰ Δία or μὰ τὸν Δία (GP 392).

3    **τί δέ**: "Well, then ..." (lit. "And what (of this that follows)?"), a common formula of transition (GP 176).
     **ἀντί**: more likely "in place of, as a substitute for" than "in return for."
     **χάριτας** (sc. ἀποδιδόασιν): "thanks, gratitude."

4    **οὐδὲ τοῦτο**: "not that either."

4f.   **καὶ ἐχθιόνως ἔχουσιν**: "are even more hostile"; for ἔχω + adverb = εἰμί + adjective see S 1438. For a comparative adverb to end in -ως is highly unusual (S 345c); normally the form is supplied by the neut. sing. of the comparative adjective .

5    **πρὶν λαβεῖν**: "before they received (the money)."

6    **θαυμαστά γ'**: "(It's) *remarkable*" (exclamatory γε); for the neut. pl. adjective used predicatively see S 1052.
     **ὡς ἐλέγχων**: "as though cross-examining" (LSJ II. 1) or "as though refuting" (LSJ II. 4).

7    **εἰ**: equivalent to ὅτι; see on εἰ μὴ ἔψοιντο in I. 7. 3.
     **[ἄν]**: The use of square brackets indicates that ἄν is intrusive here and should be ignored.

## IV. 4

1    **καὶ τί**: See App. 2. A.

## IV. 4

καί: adverbial, adding carpenters and house-builders to the category of those who (like Callias himself) do for others what they cannot do for themselves.

3   μισθωταῖς (sc. οἰκίαις): "hired, rented."
4   καὶ ... μέντοι: In this combination (a favorite of Xenophon's) "μέντοι gives liveliness and force to the addition" signaled by καί (GP 413). "Come on, just ..."
    ἀνάσχου ... ἐλεγχόμενος: "admit that you're beaten" (lit. "put up with being refuted"); ἀνάσχου is 2nd sing. aor. imper. < ἀν-έχομαι.

## IV. 5

1   ἀνεχέσθω: "let him continue to put up with it (while I add my own line of argument to the refutation)," with a significant shift from aoristic to imperfective aspect.
    μέντοι: "marking assent by echoing a word, or words, of the previous speaker" (GP 401). "Yes, indeed ...."
1f. καὶ οἱ μάντεις: either "soothsayers too" (in addition to carpenters and house-builders) or "even soothsayers" (endowing the new example with the force of an *a fortiori* argument).
3   μή: The usual negative in indirect statements involving the infin. is οὐ, but μή is occasionally found in "emphatic declarations" (S 2723).
    τὸ ἐπιόν: "the future," lit. "that which is approaching" (pres. part. < ἔπ-ειμι).

## IV. 6

1   οὗτος μὲν δή: See App. 10.
2   ἀκούοιτ' ἄν: See on IV. 1. 3.
    καὶ ἐμοῦ: "from me as well" (gen. of source).
2f. (ταῦτα) ἃ ἔσεσθε βελτίονες: lit. "(those things) in respect to which you will be better," i.e., "the ways in which you will be improved."
4   πεποίηκε: used absolutely (i.e., without an object): "has composed poetry, has written" (LSJ A. I. 4).
    σχεδόν: "nearly," "almost," "practically," qualifying πάντων.
    τῶν ἀνθρωπίνων: "human affairs/concerns/activities."
5   οἰκονομικός, δημηγορικός, στρατηγικός: For the force of the suffix -ικός see on ἱππικούς in II. 10. 5.
7   θεραπευέτω: 3rd sing. imper. < θεραπεύω, "cultivate, pay court to, seek the favor of."
8   ἦ καί: "Do you also ...?" (adding kingship to the other departments of knowledge).
    ἐπίστασαι (+ infin.): "know how."

## IV. 6

9  ἐπαινέσαντα αὐτὸν τὸν Ἀγαμέμνονα: indirect statement after verb of knowing (S 2106), with αὐτόν (= Homer) as its subject.

9f. βασιλεύς τε εἴη ἀγαθὸς κρατερός τ' αἰχμητής: quoted (with the addition of εἴη) from *Il*. 3. 179; the opt. is used because the tense of ἐπαινέσαντα puts the indirect statement into secondary sequence.

11 καὶ ναὶ μὰ Δί'... ἔγωγε (sc. οἶδα) ὅτι: ἔγωγε expresses assent (App. 8. C), καί introduces an addendum. "Yes, by Zeus, I do (know about kingship), and I also (know) that...."
ἁρματηλατοῦντα: agrees with an understood acc. subject of κάμψαι, which is governed by δεῖ.

12 στήλης: "turning-post" at the end of a race-course. The lines quoted are *Il*. 23. 335-37. In the original the infinitives function as imperatives; here they are governed by the preceding δεῖ.

13 αὐτόν: "he himself" (i.e., the driver, as opposed to the horses).
κλινθῆναι: "lean," aor. pass. infin. < κλίνω (= Attic κλιθῆναι).

14 ἦκ(α): "slightly, a little."
τοῖιν: "of them" (the horses), gen. dual article used as pronoun.
ἀτάρ: often strongly adversative ("but"), here simply "and."

15 κένσαι: "goad, spur on," aor. infin. < κεντέω (= Attic κεντῆσαι).
εἶξαι: "yield," aor. infin. < εἴκω.
οἱ: dat. sing. 3rd person pronoun (referring to the right-hand horse).

## IV. 7

2  που: "somewhere" (in the Homeric corpus); the specific reference is to *Il*. 11. 630.
ἐπὶ δὲ κρόμυον ποτῷ ὄψον: "And, in addition, an onion as a relish for the drink." An ὄψον is any highly-flavored foodstuff intended to increase one's enjoyment of wine and/or of other food.

3  ἐνέγκῃ: aor. subj. < φέρω.
τις: presumably a slave.

3f. τοῦτό γε ὠφελημένοι ἔσεσθε: "you will have received *this* benefit, at any rate," with ὠφελημένοι ἔσεσθε as periphrastic fut. perf. (S 601) and τοῦτο (which points forward to the next clause) as internal acc. (S 1574).

4  ἥδιον: See on II. 17. 4.
γάρ: "(namely)," introducing a clause in apposition to a demonstrative (S 2809).
πιεῖσθε: fut. < πίνω, more commonly πίεσθε.

## IV. 8

2f. **μηδὲ διανοηθῆναι μηδένα ἂν φιλῆσαι αὐτόν**: "that no one would even have conceived of kissing him," a past contrary-to-fact statement in indirect discourse. For φιλέω as "kiss" see LSJ I. 4.

4 **ἄλλην ... δόξαν γελοίαν**: "a different sort of reputation, one that will bring us ridicule" (Todd).
**που**: "I think," "perhaps."

5 **κίνδυνος** (sc. ἐστί + infin.): "there is a danger of ...."

5f. **ὄψον μὲν γὰρ δὴ ... εἰ δὲ δὴ τοῦτο**: Since the explanation signaled by γάρ embraces the entire μέν/δέ complex, it is best to render the first limb concessively: "For although (μὲν δή) ..., nevertheless (δὲ δή) ...." On the use of δή to strengthen an antithesis see GP 257.
**ὄψον ... ὄντως ἔοικεν εἶναι, ὡς κρόμμυόν γε**: "it (i.e., onion) really does seem to be an ὄψον, since *onion*, at any rate (i.e., whatever may be the case with other foods) ...."

6 **ἡδύνει**: "adds flavor to, makes more enjoyable."

6f. **εἰ ... τρωξόμεθα**: "if we *will* persist in munching ..."; protasis of fut. most vivid condition (see on ὑποίσω in II. 10. 10). The verb τρώγω applies properly to herbivorous animals but can be extended to people eating (raw) vegetables and fruit.

7 **καὶ μετὰ δεῖπνον**: "after dinner as well," with the implication that they had already consumed onions as part of the meal that preceded the symposium.
**ὅπως μὴ φήσῃ**: "'Ὅπως μή with the future indicative or the subjunctive sometimes occurs in independent sentences implying a desire to avert something that is not desired" (GMT 278): "*may no one say* (as I fear he may)" (S 1803).

8 **ἡδυπαθεῖν**: "really lived it up." Though the verb (lit. "experience pleasant things") denotes an extravagant indulgence in luxuries, onions were in fact regarded as common, lower-class fare; hence the joke.

## IV. 9

1 **μηδαμῶς**: "Heaven forbid!" (Todd), lit. "In no way (let us eat onions)!"

2 **ὁρμωμένῳ**: "for a person setting out." Participles are sometimes used substantivally even when they lack the article (S 2052a).
**ὑποτρώγειν**: The ὑπο- connotes either small degree ("nibble a little") or secrecy ("munch on the sly"); cf. S 1698. 4.

3 **συμβάλλουσιν**: "pit against one another" (LSJ II. 1).

## IV. 10

1   **οὕτω πως**: "more or less in the way I have described"; the πως disclaims verbatim accuracy.
2   **αὖ**: "in turn," "next."
    **(ταῦτα) ἐξ ὧν**: "the reasons why," lit. "(the things) as a result of which."
5   **εἰ μέν**: looks ahead to εἰ δ᾽ in IV. 11. 1.
5f. **εἰ ... μὴ καλός εἰμι ... ὑμεῖς ἂν ... ὑπέχοιτε**: the protasis of a pres. simple condition combined with a potential opt. in the main clause (S 2300e). The real protasis to ἂν ... ὑπέχοιτε is implicit in δικαίως, which = "if you were to receive your just deserts..." (S 2344).
    **ἂν ... ἀπάτης δίκην ὑπέχοιτε**: "you would/could be subject to a lawsuit on a charge of deception."
6   **ὁρκίζοντος** < ὁρκίζω, "put (someone) on oath, demand an oath."
    **ὀμνύοντες** < ὀμνύω, an alternative form of ὄμνυμι (cf. S 746a).
7   **μέντοι**: asseverative; see App. 12. B. Henceforward any μέντοι not otherwise identified can be assumed to be asseverative.

## IV. 11

3   **πάντας θεούς**: "by all (conceivable) gods." For ὄμνυμι with acc. see S 1596; on the lack of article see S 1174c.
    **μὴ ἑλέσθαι ἄν**: representing a potential opt. in indirect discourse. Verbs of asseveration and belief often take μή instead of the expected οὐ in indirect discourse (S 2725).
    **βασιλέως**: See on III. 13. 7.

## IV. 12

1   **νῦν**: "these days" (Bowen), implying that Cleinias is merely the most recent in a series of erotic interests.
2   **τἆλλα** = τὰ ἄλλα.
    **τυφλός** (+ gen.): "blind to" (S 1419); construe with εἶναι.
3   **δεξαίμην ἄν**: "I would prefer."
    **ἑνὸς ὄντος**: concessive, "though he is (only) one."
5   **χάριν οἶδα**: "I feel gratitude," a standard idiom (LSJ s. v. χάρις II. 2).

## IV. 13

1   **ἄξιον** (sc. ἐστί): "it is right" (in the sense of "what one deserves").
    **καὶ ἐπὶ τοῖσδε**: "on these grounds as well," pointing forward to the ὅτι-clause that follows (S 1245).
2f. **πονοῦντα, κινδυνεύοντα, λέγοντα**: circumstantial participles expressing means.

2 τἀγαθά (= τὰ ἀγαθά): "the good things of his desire" (Todd), i.e., whatever things he regards as good and hence as worth striving for.
3 τὸν δέ γε σοφόν: The γε gives the wise (or clever) man a certain prominence among the three types.
3f. καὶ ἡσυχίαν ἔχων: "even while doing nothing"; for the expression cf. II. 15. 3.
4 πάντ(α): sc. τὰ ἀγαθά.

IV. 14
1 γοῦν: See on II. 5. 2.
2 χρήματα (sc. ἐστί) ἡδὺ κτῆμα.
2f. ἥδιον μὲν ... ἥδιον δ': On the use of μὲν/δέ with anaphora see S 2906, GP 370.
2 τὰ ὄντα: i.e., the money I already have in my possession.
διδοίην: The pres. stem of δίδωμι often means "offer" (LSJ I. 1, GMT 25), not "give."
4 καὶ γάρ: See App. 5. A.
ῥᾷον: "with less hardship," comparative of ῥᾳδίως.
6 ζῴην: 1st sing. pres. opt. < ζάω.

IV. 15
2 πᾶσαν ἀρετήν: either "all excellence" in the sense of "perfection" (so Bowen) or, more likely, "every (kind of) excellence" (to be detailed in what follows).
3 ἐμπνεῖν τι ... τοῖς ἐρωτικοῖς: "have an inspirational effect on (lit. 'breathe something into') those who are erotically susceptible."
ἡμᾶς τοὺς καλούς: acc. subject of the articular infin. τὸ ἐμπνεῖν, which with διά is equivalent to a causal clause ("on account of the fact that ...").
4 ἐλευθεριωτέρους: "more liberal/generous."
εἰς: "with regard to."
5 καὶ μήν: progressive; see App. 6.
6 αἰδημονεστέρους: "governed to a greater degree by (a proper sense of) shame." αἰδώς is the emotion that (ideally) inhibits one from transgressing social norms.
οἵ γε: "inasmuch as they ...." Relative clauses of cause are typically signaled as such by γε (S 2826, GP 141f.).
6f. καὶ ὧν δέονται μάλιστα ταῦτ' αἰσχύνονται: "feel shame/embarrassment about just (καί) those things that they want most."

## IV. 16

1f. **οἱ μὴ τοὺς καλοὺς στρατηγοὺς αἱρούμενοι**: "those who do not elect handsome men (as) generals." The μή signals a general class (see on II. 4. 8); for the predicate acc. στρατηγούς with αἱρέομαι see S 1613.
3 **ἰοίην**: 1st sing. opt. of εἶμι (a less common alternative to ἴοιμι).
**καὶ ὑμεῖς μετ' ἐμοῦ** (sc. ἴοιτε ἄν): i.e., if *I* were leading *you* into battle.
4 **εἰ**: "whether" (introducing an indirect question).
**τοὐμόν** = τὸ ἐμόν.

## IV. 17

1f. **ἀλλ' οὐδὲ μέντοι ταύτῃ γε**: "Nor yet again in *this* way, either," anticipating ὡς ταχὺ παρακμάζον. On progressive ἀλλὰ (...) μέντοι ("Almost confined to Xenophon") see GP 411.
2 **ἀτιμαστέον**: pass. verbal adjective expressing necessity, formed from ἀτιμάζω, "hold in disesteem, despise."
**ὡς ταχὺ παρακμάζον**: circumstantial part. with causal force, "on the (alleged) ground that it quickly passes its prime"; for ὡς + part. see on I. 15. 7.
3 **ὥσπερ γε**: "precisely as" (GP 124).
**γίγνεται**: not "becomes" but "proves to be" (in the judgment of society); see on ἄν ... γένοιτο in III. 8. 6.
4 **τεκμήριον δέ**: "And there's proof" or "The proof (of what I just said) is (as follows)" (LSJ II. 2). This idiom is regularly followed by prefatory γάρ (App. 4. A).
**θαλλοφόρους**: "bearers of the olive-shoots" (in the Panathenaic procession); predicate acc. with ἐκλέγονται.
5 **ἐκλέγονται**: mid. ("select for themselves"), with the subject an indefinite "they" (i.e., the Athenians).
**συμπαρομαρτοῦντος** < συμ-παρ-ομαρτέω, "follow along with, accompany."
**πάσῃ ἡλικίᾳ**: "every time of life," including (most relevantly) old age.

## IV. 18

1f. **(ταῦτα) ὧν τις δέοιτο**: "whatever a person might desire." The use of the opt. in relative clauses "occurs especially in general statements and maxims" (S 2573).
2 **καὶ νυνί**: "right this very moment"; for the suffix -ί see on οὑτοσί in II. 19. 3.
3 **εἰ καί**: "commonly admits that a condition exists (*granting that*), but does not regard it as a hindrance" (S 2375).

## IV. 19

1 ὡς ... ὦν: "as though under the impression that you are"; cf. ὡς ἐλέγχων in IV. 3. 6f.
   γάρ: elliptical (App. 4. B).
2 ταῦτα κομπάζεις: "you make these boasts," internal acc. or acc. of object effected (S 1573).
3f. Σειληνῶν τῶν ἐν τοῖς σατυρικοῖς: Grotesque creatures of semi-bestial form (and behavior), the Sileni greatly resemble (and are often confused with) satyrs and figure largely in the genre of mythological burlesque known as the "satyr play" (τὸ σατυρικόν). In Plato's *Symposium* (215a-b) Alcibiades compares Socrates both to Sileni and to the satyr Marsyas.
4 αἴσχιστος (+ gen.): "uglier than"; on this idiomatic (though apparently illogical) use of the superlative + gen. see S 1434.
5 καὶ ἐτύγχανε ... ὦν: "in fact happened to be"; see App. 2. C. For the significance of the square brackets around this sentence see note on IV. 3. 7; it is most likely a commentator's note that was copied into the text.

## IV. 20

1 ἄγε νυν: "Come now" or "Come then"; cf. ἄγε δή in II. 21. 1. Enclitic νυν is for the most part inferential in force and "marks the connection of the speaker's thought with the situation in which he is placed" (S 2926).
   ὅπως μεμνήσῃ: "(see to it) that you remember," object clause of effort without leading verb (S 2213). As perf. μέμνημαι = pres., so fut. perf. μεμνήσομαι = simple fut. (S 1958).
1f. διακριθῆναι περὶ τοῦ κάλλους: "to enter a beauty contest" (Todd), lit. "to be brought to judgment concerning beauty" (aor. pass. infin. < δια-κρίνω).
2 ἐπειδὰν ... περιέλθωσι: On the temporal value of the aor. subj. here see on III. 5. 1.
   προκείμενοι: Cf. τὰ προκείμενα in II. 7. 2.
3f. αὐτοὶ οὗτοι οὕσπερ ... οἴει: i.e., the boy and girl.

## IV. 21

1 ἐπιτρέψαις: "turn (the matter) over to," regularly used of referring a dispute to a third party for arbitration (LSJ I. 4).
2 οὐ γὰρ παύσῃ σὺ Κλεινίου μεμνημένος: "What?! Will you never stop thinking about Cleinias?" "The future with οὐ is used in questions in an imperative sense to express urgency, warning, or irony" (S 1918). On the force of γάρ see App. 4. B.

IV. 21        Xenophon's Symposium        67

4    ὡς = ὥστε; see on II. 8. 4.
4ff.  εἰ ... ἦν, ... ἄν ... ἀπειργασάμην: a contrary-to-fact condition. According to the usual rules an aor. indic. + ἄν in the apodosis of such a condition ought to refer to past time: "If I were ... (but I'm not), I would/could have ... (but I didn't)." Although such a sense is not unintelligible here, it seems preferable to interpret the aor. as "instantaneous" in force: "I would/could at once"; cf. GMT 414 and S 2310 N., though there the discussion is limited to εἶπον ἄν, ἀπεκρινάμην ἄν, and "similar verbs."
5    πλαστικός: "skilled at molding/sculpting" (← πλάττω, "shape, form, mold").
     ζωγραφικός: "skilled at drawing/painting" (← ζωγράφος, "one who draws or paints from life").
5f.  οὐδὲν ... ἧττον ... ὅμοιον αὐτῷ: "just as good a likeness of him," lit. "(something) no less similar to him."
     πρὸς αὐτὸν ὁρῶν: "(by) gazing at him in person" (intensive αὐτόν, S 1208).
6    ἀπειργασάμην < ἀπ-εργάζομαι, "finish off, bring to completion, produce."

IV. 22
1    ὑπέλαβε: "retorted."
     τί δῆτα: "Why, in that case (i.e., given what you've just said) ...?" (S 2851, GP 269).
2    πράγματα ... παρέχεις: a regular idiom meaning "cause trouble or annoyance."
     ἄγεις τε: Supply με from μοι; the single τε appears to have explanatory or epexegetical force (= "that is to say"); cf. S 2968.
     αὐτὸν ὅπου ὄψει: "wherever you will (be able to) see him in person" (as opposed to his mere εἴδωλον).
3    ἡ μὲν αὐτοῦ ὄψις: "the sight of him in person"; if αὐτοῦ were not intensive it would stand in the predicate position (S 1185a).
3f.  ἡ δὲ τοῦ εἰδώλου: sc. ὄψις.

IV. 23
1    οὐδέ: "not even," or perhaps "not at all" (GP 197f.).
2    πρὸς σοῦ: "in keeping with your character" (S 1695. 1b).
     ποιῶ: "consider, regard" (more usually mid. in this sense).
     τὸ περιιδεῖν < περι-οράω.
3    ἐκπλαγέντα: See on ἐξεπλάγην in II. 19. 6.
4    γάρ: elliptical; see App. 4. B.

ἐξ οὗ ἐμοὶ σύνεστιν: "since he has been associating with me"; the reference to past time in ἐξ οὗ makes σύνεστιν a "present of past and present combined" (S 1885).

5 διατεθῆναι: aor. pass. infin. < δια-τίθημι, "dispose, put into a certain state"
6 ἀλλὰ πότε μήν: Cf. ἀλλ' ἐπὶ τῷ μήν in III. 13. 2.
7 παρὰ τὰ ὦτα: "(down) past the ears" (< οὖς).
ἴουλος: the first downy facial hair on an adolescent male.
8 πρὸς τὸ ὄπισθεν ἤδη ἀναβαίνει: "it (the hair) is already climbing back up" (taking ὄπισθεν as equivalent in sense to ὀπίσω, LSJ I. 2). The point appears to be that Cleinias has outstripped Critobulus in the growth of facial hair: a real beard is already making its way upward from the chin, reversing the direction taken earlier by the burgeoning side-whiskers (so Huss). If this detail is meant to imply that Critobulus as lover is younger than Cleinias as beloved -- and physiologically it need not do so, given differing rates of hormonal development -- then the relationship is anomalous by the norms of Athenian pederasty. The fact that the not-yet-bearded Critobulus is married (II. 3. 7) makes things even more peculiar, since the typical marriage-age for Athenian males seems to have been around 30.
οὖν: inferential; Socrates' implicit point seems to be that Cleinias is too old for Critobulus to have fallen in love with him recently; *therefore* the passion must be of long standing, dating back to their school days.
9 ταὐτό = τὸ αὐτό.
ἐκείνῳ: with συμφοιτῶν.
προσεκαύθη: aor. pass. < προσ-καίω, "kindle, set on fire, scorch."

IV. 24
1 ἃ δή: See on ἃ δὴ ... πράττων in I. 10. 7f.
2 εἰ ... δυναίμην: "on the chance/in the hope that I might be able," setting forth the motive for the action expressed in the main clause (S 2354).
4 Γοργόνας: Medusa and her sisters, whose gaze had the power to turn people to stone.
λιθίνως: lit. "stonily," but connoting fixity of gaze and expression rather than hardness.
[λιθίνως]: Instead of deleting the repeated adverb as an interpolation, Huss proposes adopting the emendation λίθινος "like a stone" (i.e., immobile), agreeing with the subject of ἀπῄει.
5 οὐδαμοῦ ἀπῄει ἀπ' αὐτοῦ: "would never leave his presence" (Todd), lit. "went nowhere away from him." Given the verb of motion

IV. 24         Xenophon's Symposium                          69

one would expect οὐδαμοῖ or οὐδαμόσε, "(to) nowhere," but cf. the "constructio praegnans" whereby a verb of motion is combined with a prep. + dat. to anticipate the rest that will follow (S 1659).
5f.   νῦν δὲ ἤδη εἶδον αὐτὸν καὶ σκαρδαμύξαντα: "But as things stand now (i.e., in the current phase of Critobulus' infatuation), I've already seen him actually (καί) *blink*." The presence of ἤδη (ironically highlighting the progress made thus far) turns εἶδον into an "empiric aorist" (S 1930), best rendered in English as a pres. perf. For the aor. aspect of σκαρδαμύξαντα see on φωνήσαντος in III. 13. 1f.

IV. 25
1     καίτοι: "And yet" (S 2893).
      δοκεῖ μοί γ': Despite its position γε emphasizes δοκεῖ, not the enclitic (and inherently unemphatic) μοι; cf. GP 150.
2     ὡς ἐν ἡμῖν αὐτοῖς εἰρῆσθαι: "just among ourselves," "speaking confidentially," lit. "so as to have it said among ourselves" (absolute infin., S 2012a).
3     οὗ: conjunctive relative (see on I. 10. 7f.), with the idea of kissing as its antecedent; the gen. is governed by the comparative δεινότερον.
      ἔρωτος ... ὑπέκκαυμα: "kindling of (for) desire" (← ὑπ-εκ-καίω). Socrates continues the metaphor initiated by προσεκαύθη in IV. 23. 9.
3f.   καὶ γὰρ ... καί: either "for in fact ... and" or "for it both ... and"; see App. 5. A.
4     ἄπληστον: "insatiable"; sc. ἐστίν.

IV. 26
1ff.  [Ἴσως δὲ καὶ ... ἐντιμότερόν ἐστιν]: Huss argues at length for retaining this sentence in the text (with Wyttenbach's emendation of σώμασι to στόμασι): "Perhaps too it (i.e., kissing) is held in greater esteem (than might otherwise be the case) owing to the fact that, of all actions, only mutual (συμ-) touching by means of mouths shares a name with reciprocal love involving souls" -- a highly elaborate way of saying that the verb φιλεῖν means both "to love" and "to kiss."
3     οὗ ἕνεκα: "For that reason" (conjunctive relative).
4     ἀφεκτέον < ἀπ-έχομαι, "keep away"; verbal adjective expressing obligation or necessity, with τῷ ... δυνησομένῳ as dat. of agent.
      φιλημάτων ⟨τῶν⟩ ὡραίων: "kisses given to handsome (boys)"; φιλημάτων is gen. of separation with ἀφεκτέον and ⟨τῶν⟩ ὡραίων is objective gen. with the verbal notion in φιλημάτων.
      σωφρονεῖν: "to exercise self-control," particularly in connection with bodily passions and appetites.

## IV. 27

1 τί δή ποτε: "why ever...?", "why in the world...?" After interrogatives ποτέ gives "an intensive force" (S 346c); for δή in questions see on II. 4. 12.
2 μορμολύττῃ: 2nd sing. < μορμολύττομαι, "frighten, scare" (← μορμώ, "bogey, monster," of the type that adults invoke in order to frighten children).
2f. αὐτὸν δέ σε: "whereas you yourself," object of εἶδον.
3 παρὰ τῷ γραμματιστῇ: "at the school-teacher's (place)" (S 1692. 2a). Since even Critobulus (let alone Socrates!) was too old to be attending school, the two of them were probably making use of the premises as a kind of library (so Bowen).
4 ἐμαστεύετέ τι: "were searching for something." The mechanics of the papyrus roll (βιβλίον) made it cumbersome to find specific passages in a text.
5 τὸν ὦμον γυμνὸν πρὸς γυμνῷ τῷ ... ὤμῳ: For the predicate position of the adjectives cf. II. 16 4, II. 19. 2. The chiastic (ABBA) arrangement of nouns and adjectives (S 3020) is a type of verbal patterning of which Charmides will prove to be very fond.
6 ἔχοντα: supplementary part. in agreement with αὐτὸν ... σε.

## IV. 28

1 ταῦτ' ἄρα: "'I see: that's why...' " (GP 37). "ἄρα is often used to indicate new perception, or surprise genuine or affected" (S 2795).
[, ἔφη,]: Huss defends the repetition of the verb as creating an effect of "heightened liveliness."
2 δεδηγμένος: perf. pass. part. < δάκνω.
θηρίου: lit. "wild animal, beast," but frequently used of small, noxious (or indeed venomous) creatures like spiders and scorpions.
τόν τε ὦμον: acc. of respect with ὤδαξον (< ὀδάξω, "feel irritation, itch"); the τε links that verb with καὶ...ἐδόκουν.
πλεῖν (= πλέον): an indeclinable (adverbial) "more" used with statements of number and measure (S 1074).
3 ὥσπερ: "as it were" or "so to speak," apologizing for the metaphor (LSJ II. 1).
κνῆσμά τι: "a sort of scratch." For the use of indefinite τις/τι to qualify a metaphor cf. αὐτουργούς τινας in I. 5. 4.
4 τοί σοι: τοι may be used in combination with the 2nd person sing. pronoun to convey "a summons to attention, often peremptory in tone" (GP 542); cf. also App. 14.
ἐναντίον (+ gen.): "in the presence of."

IV. 28             Xenophon's Symposium             71

5f.  πρὶν ἂν τὸ γένειον τῇ κεφαλῇ ὁμοίως κομήσῃς: "until you get as much hair on your chin as you have on your head" (Todd), lit. "until you enter into a long-haired state with respect to your chin in a manner similar to your head."
7    ἀναμίξ: "in an intermingled fashion."

IV. 29
1    σὸν μέρος...λέγειν: "It's *your* turn to tell us...."
3    οὐκοῦν: "Well, then," accepting the invitation to speak (App. 13. B). τόδε μέν: "*this*, at any rate" (μέν *solitarium*); other propositions may be disputed, but there is general agreement about the one that follows.
5    θεραπεύεσθαι: Cf. θεραπευέτω in IV. 6. 6.

IV. 30
1    ἐγὼ τοίνυν: "Now in *my* case," marking a transition from general to particular (App. 15).
2    ὅτε μέν: answered by νῦν δ' ἐπειδή in IV. 31. 1, contrasting the period of Charmides' former wealth with his present poverty. Within the first half of this antithesis a second μὲν/δέ construction is included (πρῶτον μὲν ... ἔπειτα δέ).
3    διορύξας: aor. part. < δι-ορύττω, "dig through." The typical Athenian house was built of sun-dried brick and hence was vulnerable to forced entry; the standard term for "housebreaker" or "burglar" in Attic Greek is τοιχωρύχος ("one who digs through walls").
     αὐτόν ... με: "me myself," "me in my own person" (in contrast to his money); cf. αὐτὸν ... σε in IV. 27. 2f. αὐτόν ... με and τι ... κακόν are respectively the external and internal objects of ἐργάσαιτο (cf. S 1622).
4    συκοφάντας: informers and blackmailers.
     παθεῖν: sc. ὑπ' ἐκείνων.
5    μᾶλλον: with ἱκανός.
     ποιῆσαι: sc. κακῶς.
     καὶ γὰρ δή: See App. 5. B.
6    προσετάττετο ... ἀεί ... μοι: lit. "it was always being enjoined upon me" (impersonal pass.), i.e., "I was always being ordered."
     τι ... δαπανᾶν: "to make some expenditure," i.e., as part of the system of "liturgies" (λειτουργίαι) whereby wealthy Athenians were required to finance certain public functions and institutions.
     ἀποδημῆσαι: "go abroad," ingressive aor. < ἀπο-δημέω, "be away from home" (lit. "be away from one's community").
7    οὐδαμοῦ: See on οὐδαμοῦ ἀπῄει in IV. 24. 5.

## IV. 31

1 **τῶν ὑπερορίων**: "my properties beyond the border" (of Attica), ← ὑπέρ + ὅρος, "boundary (marker)."
  **στέρομαι**: "am without, am deprived of" (presumably as a consequence of the Peloponnesian War).
1f. **τὰ ἔγγεια**: "my properties in Attica," lit. "the things within the land" (← ἐν + γῇ).
2 **τὰ ἐκ τῆς οἰκίας**: "my household goods," with ἐκ + gen. rather than ἐν + dat. because the effect of πέπραται is being anticipated (S 1660a).
  **πέπραται**: 3rd sing. perf. pass. < πέρνημι, "sell."
3 **ἐκτεταμένος**: perf. pass. part. < ἐκ-τείνω, "stretch out," implying ease and unconstraint.
  **πιστὸς ... τῇ πόλει**: "trustworthy in the eyes of the city."
4 **ἀπειλοῦμαι**: i.e., by συκοφάνται.
  **ὡς ἐλευθέρῳ τε**: The τε links the entire clause to what precedes; it is postponed to third place because ὡς ἐλευθέρῳ ("as a free man") forms a unit.
5 **ὑπανίστανται**: "stand up (ἀνα-) deferentially/submissively (ὑπο-)."
  **καὶ θάκων**: "from their *seats*, even." Chiasmus again: (A) ὑπανίστανται (B) θάκων / (B') ὁδῶν (A') ἐξίστανται.

## IV. 32

1ff. **νῦν μὲν ... τότε δὲ ... τότε μὲν ... νῦν δέ**: yet another chiasmus.
2f. **φόρον ἀπέφερον**: "used to pay tribute," terms normally applied to the revenues which Athens collected from its subject states but here transferred to the undertaking of liturgies by the wealthy.
3 **τέλος**: "payment, contribution," alluding to the daily allowance of two obols given to needy citizens (διωβελία).
3f. **ἀλλὰ καί**: progressive, introducing a new aspect of the topic (GP 21f.). "Then again ...."
4 **Σωκράτει**: promoted to the head of the sentence for emphasis despite the fact that grammatically it belongs in the ὅτι-clause (as dat. with συνῆν); an example of *hyperbaton*, or "the separation of words naturally belonging together" (S 3028).
5 **οὐδὲν μέλει οὐδενί**: "no one cares at all" (i.e., about my association with Socrates); οὐδέν is adverbial acc.
  **καὶ μήν**: See App. 6.
6 **ὑπό**: "under the influence of."
7 **οὐδὲ γὰρ ἔχω**: Depending on how one interprets οὐδέ in its role as, effectively, the negative of καί, this means either "since in fact I don't

IV. 32   *have* (anything)" or "since I don't have (anything) *either*"; cf. App. 5.
A.

IV. 33
1   οὐκοῦν: See App. 13. A.
2   τοῖς ἀποτροπαίοις: "the deities who avert disasters" (Todd), lit.
    "those who turn away (evil)" (← ἀπο-τρέπω).
3   μέντοι: See on III. 13. 6.
3f.  μάλα φιλοκινδύνως: "with great heroism" (Todd), lit. "in a very
    danger-loving manner."
4   ὑπομένω: "stand one's ground, stand firm" (in the face of battle or
    other danger).
    ποθέν: "from some source or other."

IV. 34
1   ἀλλ' ἄγε δή: Cf. II. 21. 1.   For ἀλλά with imperatives ("well") see
    S 2784c, GP 14f.
2   οὕτω βραχέα: "such slender means" (Todd).

IV. 35
2   ἰδιώτας: "private citizens," as opposed to the tyrants who are shortly
    to be discussed. In other contexts the word distinguishes "laymen"
    from those with professional expertise.
4   ὑποδύονται: "undergo, submit to."
    ἐφ' ᾧ: "on condition that, provided that." Proviso clauses usually take
    the infin. rather than the fut. indic. as here (S 2279).
    πλείω (= πλείονα): sc. χρήματα.
4ff. οἳ ... λαχόντες ὁ μὲν αὐτῶν ... ὁ δέ: Although the relative clause
    begins as if a pl. verb were to follow, the subject is immediately
    subdivided into two parties, each with its own (sing.) verb ("partitive
    apposition," S 981).
    τὰ ἴσα λαχόντες: "having inherited equal shares."
5   τἀρκοῦντα (= τὰ ἀρκοῦντα) καὶ περιττεύοντα τῆς δαπάνης:
    "sufficient (money), and in fact an amount in excess of his
    expenditures" ("καί with a sense of climax," GP 291).

IV. 36
3   τῶν ἀπορωτάτων: "the neediest individuals."
3f.  οἱ μὲν ... οἱ δὲ ... οἱ δέ: sub-groups among the ἀπορώτατοι, not
    (*pace* Bowen) among the τύραννοι.
4   τοιχωρυχοῦσιν: See on διορύξας in IV. 30. 3.

ἀνδραποδίζονται: "kidnap people and sell them into slavery" (LSJ II).
5 οἴκους: "households, families."
7 ἐξανδραποδίζονται: "utterly enslave"; the prefix ἐξ- adds a notion of thoroughness or completion (S 1688. 2).

## IV. 37
1ff. τούτους μὲν οὖν ... ἐγὼ δέ: "Now these men ..., but I ..."; see App. 11. A.
1 ἔγωγε: "I for my part" (others may feel differently on this point).
καὶ πάνυ: "very much indeed"; see App. 2. C.
2 τῆς ... νόσου: gen. of cause with verb of emotion (S 1405).
2f. ὅμοια ... πάσχειν ὥσπερ εἴ τις: "suffer an affliction similar to that of anyone who might ..." (lit. "suffer similar sorts of things as if someone were to ...)." For ὥσπερ after words expressing likeness see S 1501a; for ὥσπερ εἰ + opt. in "a combination of a comparison and a condition" see S 2478-80.
4 οὕτω ... πολλά: ironic (= ὀλίγα).
ὡς = ὥστε.
μόλις: "scarcely, with difficulty"
καὶ [ἐγὼ ἄν] αὐτός: Huss is in favor of deleting ἄν but not ἐγώ. Whether ἐγώ is allowed to remain or not, καὶ αὐτός means "even I myself."
5 περίεστί μοι: "I have enough of a balance on hand" (a term from book-keeping; cf. LSJ III. 2), with the infinitives ἀφικέσθαι and ἀμφιέννυσθαι governed by the idea of sufficiency or capacity thereby denoted.
ἄχρι (= μέχρι) τοῦ μὴ (+ infin.) ἀφικέσθαι: "to arrive at a point of not ...."
5f. πεινῆν, διψῆν: Like χράομαι, these verbs belong to a group of contract-verbs in -άω which show -η- where -α- would otherwise be expected (S 394).
6 ἀμφιέννυσθαι ὥστε (+ infin. ῥιγοῦν): "clothe myself (well enough) that/so as," introducing a clause of natural result (S 2260).

## IV. 38
2 γε μήν: adversative, answering ἔξω μέν in the previous line (App. 7. A).
ἀλεεινοί: "warm."
2f. χιτῶνες, ἐφεστρίδες: "tunics" and "cloaks" respectively; both are predicate nouns, as is shown by the lack of article (see on III. 4. 5).

## IV. 38

5 ἀφροδισιάσαι: "to have sex," lit. "to engage in the activities of Aphrodite."
   δεηθῇ < δέομαι, "comes to feel the need" (ingressive aor.).
6 τὸ παρόν: "whatever chance puts in my way" (Todd), lit. "that which is present/lies ready to hand."
   ὑπερασπάζονται: "welcome enthusiastically"; the subject is the understood antecedent of αἷς.

## IV. 39

1 καὶ ... τοίνυν: "And furthermore ..." (GP 577f.).
2 μᾶλλον ... ἥδεσθαι: "take greater pleasure, enjoy myself more."
3 οὕτω: "to such an extent"; the sentence as a whole is explanatory of the preceding one, hence the asyndeton (S 2167b).
4 ἡδίω (= ἡδίονα) ... τοῦ συμφέροντος: "more pleasurable than is good for one" (LSJ s. v. συμφέρω A. II. 3. b).

## IV. 40

2 ἐκεῖνο: "this thing (which I'm about to relate)"; cf. III. 6. 1 and S 1248.
   εἴ ... τις καί: "even if someone were to ..." (= "granting that someone might ..."); see on IV. 18. 3.
2f. τὰ νῦν ὄντα: "my present possessions" (LSJ II, and cf. τὰ ὄντα in IV. 14. 2).
3 παρέλοιτο: aor. opt. < παρ-αιρέομαι, "take away, filch (from)."
   οὐδὲν οὕτως ... φαῦλον ἔργον ὁποῖον: "no occupation so lowly/menial (of such a sort) that it ...."
4 ἐμοί: "for me," though perhaps not for others.

## IV. 41

1 ἡδυπαθῆσαι: See on IV. 8. 8.
2 βουληθῶ: "conceive a desire, formulate a wish" (ingressive aor.).
   τὰ τίμια: "luxury items, (high-priced) delicacies."
3 γίγνεται: "turn out to be."
   ἐκ τῆς ψυχῆς ταμιεύομαι: "I draw on the storehouse of my soul" (Todd).
4 δεηθῆναι: For the aspect see on δεηθῇ in IV. 38. 5.
   προσφέρωμαι: "partake (of food and drink)."
5 ἐντυχών: aor. part. < ἐν-τυγχάνω, "encounter by chance" (+ dat.).

## IV. 42

1 ἀλλὰ μήν: progressive; see App. 6.
   εἰκός (sc. ἐστι): "it is likely/reasonable," with acc. + infin..

2   εὐτέλειαν: "thrift, frugality."
    οἷς: "(those) for whom," with the usual omission of the antecedent.

## IV. 43
1   ἐλευθερίους: See on ἐλευθεριωτέρους in IV. 15. 4.
    ὁ τοιοῦτος πλοῦτος: "wealth of this sort," i.e., spiritual rather than material.
2   παρέχεται (+ adjective): "renders" (LSJ B. V).
    Σωκράτης τε γάρ: The τε looks ahead to ἐγώ τε two lines down; the γάρ indicates that between them Socrates and Antisthenes illustrate and explain the particular kind of ἐλευθεριότης he has in mind.
    τοῦτον: i.e., the specific kind of πλοῦτος mentioned in the preceding sentence.
3   οὔτ' ἀριθμῷ οὔτε σταθμῷ: "neither by counting nor by weighing," i.e., using no material (and hence quantifiable) means.
    ἐπήρκει: impf. < ἐπ-αρκέω, "help, assist" (LSJ I. 3).
4   φέρεσθαι: "carry off with me."
5   ἀφθονίαν: can mean either "abundance" (= "unstintedness") or "generosity" (= "unstintingness"); here both senses are likely to be operative simultaneously.
5f. τῷ βουλομένῳ: "to anyone who wishes" (S 1124).
6   τοῦ ... πλούτου: partitive gen. with μεταδίδωμι, "give a share of."

## IV. 44
1f. τὸ ἁβρότατόν γε κτῆμα: "(as for) the most *luxurious* possession (to which I can lay claim)"; grammatically the phrase is in anticipatory apposition to τὴν σχολήν. ἁβρός has connotations of decadent refinement which Antisthenes is exploiting for ironic effect.
3f. ὃ πλείστου ἐγὼ τιμῶμαι: "that which I value most," in anticipatory apposition to συνδιημερεύειν, with πλείστου as gen. of price or value (S 1373).
4   Σωκράτει: The dat. depends on the συν- in συν-δι-ημερεύειν, "spend the whole day through with."
    σχολάζων: should logically agree with με, the understood subject of συνδιημερεύειν, but the proximity of τιμῶμαι has attracted it into the nom.
4f. καὶ ... δέ: See App. 3.
6   συνὼν διατελεῖ: "he continually associates with" (S 2097).

## IV. 45
1f. νὴ τὴν Ἥραν: W. M. Calder, *Mélanges É. Delebecque* (Aix-en-Provence 1983) 33-42, argues (a) that this oath is primarily associated

IV. 45    Xenophon's Symposium    77

with women and (b) that when it is put by Plato (and Xenophon) into the mouth of Socrates, it generally has an ironic force, signaling feigned admiration ("Good gracious!" or "My goodness!"). In view of the treatment that Callias received at Antisthenes' hands in IV. 2-5, Huss proposes applying this nuance to the present passage.

2   τά τε ἄλλα ... καὶ ὅτι: "above all because," lit. "both in other respects ... and (in particular) because" (S 1273); cf. ἄλλως τε καί in I. 8. 4, II. 3. 6.

τοῦ πλούτου: gen. of cause; see on τῆς ... νόσου in IV. 37. 2.

4   δανείσῃς: "lend money (at interest)"; the mid. δανείζομαι (which appears two lines below) means "have money lent to one" and thus "borrow."

5   μὴ ζήλου: "don't continue to feel envious" (imperfective aspect, S 1841a).

ἥξω: Since the pres. of ἥκω means "I have come (and thus am present)" (S 1886), the fut. is equivalent to a fut. perf., with connotations of immediacy ("I'll be back before you know it ...").

6   τὸ μηδενὸς προσδεῖσθαι: "his contentment with his lot" (Todd), lit. "the (capacity) to require nothing in addition (προσ-)."

6ff.  οὕτω πεπαιδευμένος ... ὡς ... οὐ παύομαι: The syntax of these lines has been variously construed. The best sense seems to be yielded by taking ὡς = ὥστε, introducing a clause of actual result. οὕτω, meanwhile, may be taken either with πεπαιδευμένος, in which case it prepares for the result clause to follow ("having been taught so thoroughly that ..."), or with ἀριθμεῖν, in which case it points forward to the quote from Homer ("having been taught to reckon in the following manner, namely ..."). In either case Niceratus playfully credits Homer with yet one more area of expertise to add to those enumerated in IV. 6-7: how to keep careful track of one's money.

8   ἕπτ(α) ἀπύρους κτλ.: *Il.* 9. 122-23 (= 264-65), part of the catalogue of gifts offered by Agamemnon to Achilles.

χρυσοῖο = χρυσοῦ.

9   ἐείκοσι = εἴκοσι.

10  σταθμῷ καὶ ἀριθμῷ: dat. of means with ἀριθμεῖν. Niceratus picks up the phrase from Antisthenes' speech (IV. 43. 3) but turns it on its head; Antisthenes' point was precisely that the non-material wealth to which he lays claim *cannot* be weighed and measured.

ὡς = ὥστε; see note on 6ff. If οὕτω is construed with πεπαιδευμένος, then ὡς should be rendered as "that"; if with ἀριθμεῖν, as "with the result that."

11  ἐξ ὧν: "and as a result," "and consequently" (conjunctive relative).

φιλοχρηματώτερος: "somewhat too fond of money" or "a bit on the money-loving side" (a quality for which it seems Niceratus had a reputation). In the former case the comparative denotes excess (S 1082c), in the latter it serves to "soften an expression" (S 1082d).
12   τὰ ὄντα: "the truth" (LSJ I. 2).

IV. 46
1f.   λέγειν ... τοὺς φίλους οἵτινές εἰσι: prolepsis; see on IV. 1. 2.

IV. 47
1   ὡς μέν: The μέν is answered not by δέ but by progressive καὶ μήν four lines later (cf. GP 374).
2   εὔδηλον (sc. ἐστί): the main clause of the sentence, upon which everything from ὡς through τὰ μέλλοντα depends.
3   αἱ πόλεις ... τὰ ἔθνη: The former refers to the Greek world, the latter to the non-Greek; cf. καὶ Ἕλληνες καὶ βάρβαροι two lines earlier.
    ἐπερωτῶσι: "inquire of, consult," used regularly in connection with gods and oracles.
4   νομίζομέν γε: "we acknowledge through our customs/practices, at any rate"; the effect of the restrictive γε seems to be to focus attention on outward behavior rather than inner conviction.
5   καὶ τοῦτο σαφές (sc. ἐστι): "this too is evident," pointing back to the content of the ὅτι clause.

IV. 48
1   τοίνυν: See on IV. 30. 1.
3   λήθω: a collateral form of λανθάνω.
4f.  καὶ ὅ τι ... ἀποβήσεται: "also what will result," indirect question dependent on προειδέναι.
5   ἀγγέλους: "as messengers" (predicate acc.).
5f.  φήμας, ἐνύπνια, οἰωνούς: "significant utterances" (not formal prophecies but apparently random speech-acts that are interpreted as expressing divine will), "dream-visions," and "(bird-)omens" respectively.
6   ἅ τε δεῖ καὶ ἃ οὐ χρὴ ποιεῖν: direct object of σημαίνουσι.
7f.  ἤδη ... ποτε ... ἐκολάσθην: "on various occasions before now ... I have been punished." The aor. is "empiric" (see on ἤδη εἶδον in IV. 24. 5f).
7   καὶ ἀπιστήσας: "when I actually *did* disobey them"; see App. 2. C and GP 321f.

IV. 49                Xenophon's Symposium                79

IV. 49
1   ἀλλά: assentient (App. 1. B).
2   ἐκεῖνο μέντοι: answers τούτων μέν in the previous line (App. 12. A), with ἐκεῖνο pointing forward to the indirect question introduced by πῶς.
4   καὶ μάλα εὐτελῶς: "very economically indeed."
5f. ἐπαινῶ τε ... ὧν τε ... παρέχομαι ... εὐφημῶ τε: Xenophon links independent clauses by means of multiple τε's more frequently than most other authors (GP 505).
    ὧν (= τούτων ἃ) ... διδόασιν ἀεὶ αὖ (sc. τι) παρέχομαι: "I always provide in return (some part) of the things which they give me," presumably in the form of libations, sacrifices, dedications, and the like.
6   ἐφ' οἷς: "when it comes to matters in which."
8   εἰ ἄρα: "denotes that the hypothesis is one of which the possibility has only just been realized: 'If, after all'" (GP 37; cf. S 2796).

IV. 50
1   ἐσπουδαιολογήθη: "was conducted in a spirit of earnestness," summing up the exchange between Socrates and Hermogenes on the gods (complexive aor., S 1927).
4   οὐ γὰρ ἄξιον: strikes a note of indignation (App. 4. B). "Don't I have a *right* (to feel proud) ...?"
5   ἐπὶ ταῦτα: We are perhaps supposed to understand τὰ δεῖπνα, τὰ συμπόσια, or the like.
6   ἀμεταστρεπτί: "without a backward glance," lit. "without turning around."
7   γελάσωσι: "burst into laughter" (ingressive aor.).

IV. 51
2   ἐμοὶ γὰρ αὖ: "(Your pride is justified, and I know what I'm talking about) because in *my* case, by contrast ..." (App. 4. B).
3f. γενεαλογοῦσι τὴν συγγένειαν: "work out their relationship (to me) by generations," i.e., try to find some distant connection.
4   μου ἀπολείπονται: "are parted from me, leave my side" (cf. LSJ C. II. 1).

IV. 52
1   εἶεν: "All right," dismissing one point and passing to another.
    σὺ δὲ δή: See on III. 10. 1.
2   ἢ δῆλον (sc. ἐστίν): "ἢ often does not introduce an alternative to a previous question, but substitutes instead another question which is

more specific and intended to anticipate the answer to the first (*or rather, or precisely*)" (S 2860).
τῷ παιδί: i.e., the young citharist and dancer, who was presumably a slave of the Syracusan.

3 οὐ μὲν δή: See on IV. 3. 2.
ἀλλὰ καὶ δέδοικα: "on the contrary, I am in fact afraid ...."
4 διαφθεῖραι: can mean both "destroy" (physically) and "corrupt" or "ruin" (morally).

IV. 53
1 Ἡράκλεις: voc. of Ἡρακλῆς, used as "an exclamation of surprise, anger, or disgust" (LSJ).
τί τοσοῦτον: "what so great (wrong)," internal acc. with ἠδικῆσθαι (S 1621).
2 νομίζοντες: causal part. agreeing with the subject of an understood ἐπιβουλεύουσι supplied from the preceding line: "(they are plotting) because they think ...." For purposes of translation it is best to convert νομίζοντες into a finite verb.
ἠδικῆσθαι: perf. pass. infin. < ἀδικέω. The subject of the indirect statement is not expressed because it is the same as that of (ἐπιβουλεύουσι) νομίζοντες (S 1972).
4 οὗτοι: "I assure you ... not"; see App. 14.
6 ὡς ἔοικας: "as it seems"; see on I. 7. 2f., II. 20. 2ff.

IV. 54
2 νὴ Δί' ... γε: "Yes, I *do*, by Zeus ..." (App. 8. C.).
ὅλας ... καὶ πάσας νύκτας: "all night and every night," lit. "entire nights and all nights" (acc. of extent of time, S 1583).
3 νὴ τὴν Ἥραν: See on IV. 45. 1f.
εὐτύχημά γέ σου μέγα (sc. ἐστί): "it's a great piece of *luck* for you."
3f. τὸ ... φῦναι ἔχοντα: "to be born having," i.e., to have by nature.
4 χρῶτα: "skin" or "flesh."
μόνον: "alone (among human beings)," "uniquely."
5 εἰ μὴ ... ἀλλ': "if not ... then at all events/at any rate" (cf. GP 11f., S 2782).

IV. 55
3 τοῖς ἄφροσιν: lit. "the witless ones"; the Syracusan speaks of his audiences with a showman's contempt for the public (cf. P. T. Barnum's "There's a sucker born every minute").
νευρόσπαστα: "marionettes" (lit. "things drawn by strings"), referring to his performers.

IV. 55   Xenophon's Symposium   81

5   **ταῦτ' ἄρ'**: See on IV. 28. 1.
   **καὶ πρῴην**: "just the other day."
7   **ἀφορίαν**: "dearth, crop-failure" (lit. "a (state of) non-bearing").

IV. 56
2   **εἰπεῖν ὡς**: "to say (in support of your claim) that ...."
2f.   **ἐφ' ᾗ εἶπας ... τέχνῃ**: "in the skill which you spoke of/mentioned,"
   i.e., μαστροπεία (cf. III. 10. 4). An instance of "incorporation" (S 2536, 2538), whereby the antecedent of a relative clause is absorbed into the clause itself (= ἐπὶ τῇ τέχνῃ ἣν εἶπας). For the form of εἶπας cf. εἶπαν in III. 2. 5.
2   **ἀδόξῳ**: "disreputable."
6   **καὶ ὑμῖν οὕτω δοκεῖ**: "Does this meet with *your* approval too?" (i.e., the way it does with mine).
7   **πάνυ μὲν οὖν**: See App. 11. B. As an expression of assent the phrase is very common in Plato's dialogues (GP 477), and this is one several clues that Xenophon intends the ensuing discussion as a parody of the Platonic-Socratic manner.
8   **ἐκ τοῦ λοιποῦ**: "thereafter," "from then on."

IV. 57
1   **οὐκοῦν**: first in a series of interrogative οὐκοῦν's (App. 13. A) through which, step by step, Socrates will pursue his line of argument. The usage is "very common in Plato" (GP 434).
   **ἀγαθοῦ μέν ... μαστροποῦ**: μέν *solitarium*; only procurers who really know their business are at issue.
2   **ἣν ἂν ἢ ὃν ἂν μαστροπεύῃ**: "whomever, female or male, he procures." When the relative clause is picked up by its postponed antecedent τοῦτον, the distinction in gender disappears, being subsumed in the grammatically dominant masc. (S 1055).
   **ἀποδεικνύναι** (+ adjective): "to make, render " (LSJ II. 2); contrast the meaning of the same verb in IV. 1. 2.
2f.   **οἷς ἂν συνῇ**: "to those with whom he (or she) associates," i.e., to the clients.
5   **ἓν μέν τι ... εἰς τὸ ἀρέσκειν**: lit. "one thing for the purpose of pleasing," i.e., "*one* element conducive to attractiveness" (μέν *solitarium*).
5f.   **ἐστιν ... ἐκ τοῦ ... ἔχειν**: "results from having."
6   **τριχῶν**: gen. pl. < θρίξ, "hair."

IV. 58
1   **ἔστιν**: "it is possible"; note accent (S 187b).

4   τί δέ: "And again...." This transitional formula (see on IV. 3. 3) is much used by the Platonic Socrates.
    αἰδημόνως, θρασέως: "modestly" and "boldly," respectively.
7   ἀπεχθανόμενοι: "such as incur/inspire hatred."

IV. 59
1f.  τούτων ... τὰ συμφέροντα εἰς τὸ ἀρέσκειν: "From among these ... the elements which contribute to attractiveness." The gender of τὰ συμφέροντα suggests that the partitive τούτων points back not to the preceding λόγοι alone (in which case one would expect τοὺς συμφέροντας) but to the entire armamentarium of allurements catalogued thus far.
4   ἑνί ... ἀρεστούς: "pleasing to one person."
5   καὶ πολλοῖς: "to *many*, in fact" (App. 2. C).
6   ἐνταῦθα μέντοι: "Now at *that* point..." (progressive/temporal μέντοι, GP 406).
    ἐσχίσθησαν: aor. pass. < σχίζω, "split."
7   οἱ δὲ (sc. εἶπον) Πάνυ μὲν οὖν: repeating the stock answer and thereby demonstrating their inattentiveness to the form of the question.

IV. 60
1   καὶ τοῦτο: "this point too" (as well as all the others); Socrates blandly ignores the "split" in opinion.
3   ἤδη: "forthwith, immediately, without further ado" (cf. LSJ I. 2).
5   τοιούτους: i.e., ὅλῃ τῇ πόλει ἀρέσκοντας, predicate acc. with ἐξεργάζεσθαι (= ἀποδεικνύναι).
5f.  ὧν προστατοίη: "(those) of whom he was in charge." The opt. is by assimilation to the fut. less vivid condition in which the relative clause is embedded (S 2186a).

IV. 61
5f.  σε ... ἐξειργασμένον: indirect statement dependent on ὁρῶ (S 2112b).
6   ἐξειργασμένον: perf. mid. part. < ἐξεργάζομαι, "bring to a state of completeness or perfection"; note the difference in sense from ἐξεργάζεσθαι eight lines earlier.
8   τὴν προαγωγείαν: "the profession of pander/go-between." As the etymology of the word indicates, a προαγωγός "leads forward" the woman or boy in question for presentation to potential clients.

IV. 62
1   ἐπήρετο < ἐπ-είρομαι, "ask besides."

IV. 62

1f. **καὶ τί μοι σύνοισθα ... τοιοῦτον εἰργασμένῳ**: "And what action of this sort are you aware that I have performed?" σύνοιδα means "know (something in acc.) about (someone in dat.)," often with a negative implication ("to his discredit"); for the construction with part. in indirect discourse see S 2108a. On καί before an interrogative see App. 2. A.
5 **σε Ἱππίᾳ**: sc. Καλλίαν προαγωγεύσαντα.
6 **τὸ μνημονικόν**: "his memory-system."
   **ἀφ' οὗ δή**: "since which time."
7 **διὰ τὸ ... μηδέποτε ἐπιλανθάνεσθαι**: "owing to the fact that he never forgets...."

IV. 63
1 **ἔναγχος**: Cf. II. 19. 3.
2 **καί**: "also," adding yet another example of "pandering."
   **τὸν Ἡρακλεώτην ξένον**: The identity of this "stranger from Heraclea" is uncertain. Heraclea was a city in southern Italy.
3 **συνέστησας** < συν-ίστημι, "bring together, introduce."
4f. **Αἰσχύλον ... τὸν Φλειάσιον**: another unknown figure. Phleious was a city in the northeastern Peloponnesus.
5f. **οὕτω διέθηκας** (sc. ἡμᾶς): See on διατεθῆναι in IV. 23. 5.
6 **ἐκυνοδρομοῦμεν** (< κυνο-δρομέω): "we went coursing like hounds" (Todd).

IV. 64
1 **ταῦτα**: internal acc. with ποιεῖν.
2 **οἷός τε ὤν** (+ infin.): "being able," lit. "being of such a sort as to," a standard idiom (S 2497).
   **γιγνώσκειν**: "recognize."
3 **αὐτοῖς** (= ἀλλήλοις): reflexive used with reciprocal force (S 1231).
4f. **ἄν ... δύνασθαι, ἄν ... εἶναι**: representing potential opt. in indirect statement dependent on δοκεῖ.
4 **φίλας**: "friendly (to one another)."
5 **συνάγειν**: "contract, arrange."
5f. **πολλοῦ ... ἄξιος ... καὶ πόλεσι καὶ φίλοις καὶ συμμάχοις κεκτῆσθαι**: "very valuable for cities and friends and allies alike to possess." The OCT prints the three datives between daggers (†), indicating textual corruption, but the words seem to yield passable sense; as Bowen puts it, "the trio covers relationships national, personal and international."

6f. ὡς κακῶς ἀκούσας: "as if you had been slandered." κακῶς (κακά) ἀκούω serves as the regular pass. of κακῶς (κακά) λέγω, "speak badly of, say bad things about" (LSJ s. v. ἀκούω III. 1).
8 ταῦτα δύνωμαι: "have these powers."
9 σεσαγμένος δὴ παντάπασι (+ gen.): "completely *stuffed* with," "absolutely *packed* with" (intensive δή). The perf. pass. part. (< σάττω) forms with ἔσομαι a periphrastic fut. perf. pass. (S 601).
τὴν ψυχήν: acc. of respect.
10 περίοδος: "circuit, round." Each one of the participants has now told the company ἐπὶ τίνι μέγα φρονεῖ.

V. 1
2 οὐκ ἀνθίστασαι (← ἀντί + ἵσταμαι): "are you not going to take up your stand against ...?" (i.e., compete with); pres. for fut. or "present of anticipation" (S 1879).
3 νὴ Δί' ... γάρ: "Yes, by Zeus, (that's right, he's *not* going to), because ..." (App. 4. B).
εὐδοκιμοῦντα: "is of good repute, enjoys high standing."

V. 2
1 ἀναδύομαι: "shrink back, hesitate."
1f. ἀλλὰ δίδασκε: "But come, start showing/proving" (LSJ II). For ἀλλά with imper. see on IV. 34. 1.
2 μόνον, ἔφη: Note the asyndeton (lack of connective particle); Critobulus abruptly adds a proviso as an afterthought.
3 προσενεγκάτω: 3rd sing. aor. imper. < προσ-φέρω; for the omission of an expressed subject see on αὐλησάτω in II. 21. 1.
4 ἀνάκρισιν: "preliminary investigation, examination," held to determine whether a suit or case should proceed.
πρῶτον τῆς δίκης: "(as the) first (phase) of the trial."

V. 3
1 σὺ δέ γε ἐρώτα: "Well, *you* start asking!" For δέ γε in "retorts and lively rejoinders" see GP 153.
2 τὸ καλόν: "beauty," lit. "the beautiful" (a philosophical usage).
5f. ἀσπίδα καλὴν καὶ ξίφος καὶ δόρυ: The predicate adjective agrees with the nearest of the three nouns. Critobulus starts to shade the meaning of καλός from the physical good looks at issue in a beauty-contest ("beautiful, handsome") to a more general sense of excellence ("fine").

## V. 4

- 1 **οἷόν τε** (sc. ἐστί): For the idiom see on IV. 64. 2; when used impersonally (as here), it means "be possible" rather than "be able."
- 3f. **ἂν ... πρὸς τὰ ἔργα ... εὖ εἰργασμένα ᾖ**: "If they are well made with regard to the functions ...."
- 4 **εὖ πεφυκότα πρὸς ἃ ἂν δεώμεθα**: "well constituted by nature with regard to the functions for which we need them" (= πρὸς τὰ ἔργα ὧν ἕνεκα ἂν δεώμεθα αὐτῶν).
  **καὶ ταῦτ(α)**: "these things too," i.e., in addition to the beautiful human beings that had been Socrates' starting-point.

## V. 5

- 2 **τοῦ ὁρᾶν**: sc. ἕνεκα.
- 3 **οὕτω μέν**: "in *that* respect," though perhaps not in others (App. 9).
  **ἤδη**: "already," implying that there is no need to look for any further points of superiority.
- 3f. **ἂν ... εἴησαν**: "it would seem that they are"; for the "softening" effect of the potential opt. see on III. 9. 1, IV. 1. 1f.
- 6f. **τὸ κατ' εὐθύ, τὸ ἐκ πλαγίου**: "straight ahead" and "sideways" respectively.
- 7 **ἐπιπόλαιοι**: "bulging, protruding" (lit. "above the surface").
- 8 **λέγεις ... καρκίνον ... εἶναι**: When λέγω governs an infin. rather than a ὅτι clause it normally means "command," not "say" (S 1997); here the force may be something like "Are you stipulating that a crab is ...?"
- 9 **πρὸς ἰσχύν**: "for effectiveness" (Bowen), lit. "with a view to strength."

## V. 6

- 1 **τῶν ... ῥινῶν ποτέρα**: "which of our (two) noses ...?"
- 2 **εἴπερ γε**: "at any rate if ..." (App. 8. B).
- 3 **μυκτῆρες**: "nostrils."
- 4 **ἀναπέπτανται**: perf. pass. < ἀνα-πετάννυμι, "spread out," "spread wide."
- 6 **τὸ ... σιμόν**: "the quality of being snub-nosed (σιμός), snubness."
  **δὲ δή**: passing to a new point; cf. σὺ δὲ δή in III. 10. 1 and elsewhere.
- 7 **ἀντιφράττει**: "erects a barrier so as to obstruct."
  **ἐᾷ**: 3rd sing. < ἐάω, "allow."
  **ὄψεις**: here, concretely, "eyes"; more often "sight, vision" (as faculty or as thing seen).
- 8 **ὥσπερ ἐπηρεάζουσα**: "as if out of spite," < ἐπηρεάζω, "deal despitefully with."

διατετείχικε: perf. act. < δια-τειχίζω, "build a wall between" or "build a wall so as to separate."

V. 7
1   τοῦ ... στόματος: "as for the mouth," gen. of connection ("used loosely, especially at the beginning of a sentence, to state the subject of a remark," S 1381).
    ὑφίεμαι: "I give in, I surrender" (mid. < ὑφ-ίημι).
2f. ἀποδάκνειν, ἀποδάκοις: Note the shift in aspect from "bite off (on an ongoing or habitual basis)" to "bite off (on a particular occasion)."
4   σου: possessive with τὸ φίλημα.
6   ἐκεῖνο δὲ οὐδὲν τεκμήριον λογίζῃ, ὡς: "But do you reckon *this* point (to be) no proof/evidence (of the fact) that ...?" The emphatically placed ἐκεῖνο points forward to the ὅτι clause.
7   Ναΐδες: an alternative form of Ναιάδες, "water-nymphs" (← νάω, "flow").
    τοὺς Σειληνούς: See on IV. 19. 3f.

V. 8
2   διαφερόντων ... τὰς ψήφους: "let them proceed to cast their votes." ψῆφος literally means "pebble," since voting was carried out by placing pebbles in urns.
3   παθεῖν ἢ ἀποτεῖσαι: "suffer or pay," referring to the two standard forms of legal retribution, physical punishment and monetary loss.
    μόνον, ἔφη: Cf. V. 2. 2.
    κρυφῇ: "in secret."
    φερόντων = διαφερόντων. When repeated after a short interval a compound verb not uncommonly drops its prefix.
4f. δέδοικα ... τὸν ... πλοῦτον μή με καταδυναστεύσῃ: For the proleptic construction see on IV. 1. 2. Critobulus is suggesting that the spiritual wealth which Antisthenes claims to have acquired from Socrates (IV. 43) may induce the judges to devalue external appearances and thus withhold from him the prize that he deserves.

V. 9
1   κρύφα = κρυφῇ.
    ἀνέφερον: apparently = διέφερον, "began voting."
2   ἀντιπροσενεγκεῖν: aor. act. infin. < ἀντι-προσ-φέρω, "place in front of," lit. "bring toward so as to be opposite." Greek not infrequently uses an act. infin. where English would have the pass.
4   ταινίας: "ribbons," awarded as victory-prizes and worn around the head and/or limbs.

V. 9 Xenophon's Symposium 87

ἀναδήματα: predicative, "as tokens of victory" (lit. "things tied on," ← ἀνα-δέω).

V. 10
1 πᾶσαι: a playful touch; there are only two votes.
2 παπαῖ: an expression of suffering or surprise.
2f. τὸ σὸν ἀργύριον: Socrates is referring, with playful irony, to Critobulus's beauty.
3f. τὸ ... τούτου (sc. ἀργύριον) δικαιοτέρους ποιεῖ: refers back to Callias's claim in IV. 2.
4 ὥσπερ τὸ πλεῖστον: "just as (happens) generally," "for the most part."
5 δικαστάς, κριτάς: respectively "jurymen" (in court cases) and "judges" (in dramatic competitions and the like).

VI. 1
2 ἀπολαμβάνειν: "to take as his due"; see on ἀπολάβοιμι in III. 3. 1.
τὸν κύριον: "the (legal) guardian" of the two young people, i.e., the Syracusan.
3 καὶ ἄλλα ἔσκωπτον: "made other jokes as well."
κἀνταῦθα (= καὶ ἐνταῦθα): "even then," i.e., even amid such general hilarity.
5 παροινία: "convivial unpleasantness" (Todd), ← παρά + οἶνος; παρά in compounds not uncommonly implies that something is "wrong" or "amiss" (S 1692. 4). English seems to have no single word to denote the various types of anti-social behavior associated with drunkenness; Bowen's "overindulgence" misses the point of the following discussion.
6f. τὸ μέντοι μοι δοκοῦν (sc. εἶναι): "what it *seems* to me to be, however," with adversative μέντοι answering μέν (App. 12. A).

VI. 2
1 Ἀλλ', ὃ δοκεῖ, τοῦτ': "Well then, (tell us) *this*, (namely) what it seems (to you to be)."
2 παρ' οἶνον: "while drinking" or "over one's cups" (lit. "alongside wine"); the choice of preposition is intended to suggest an etymology for the word being defined.
6 ὅταν διαλίπωμεν: "whenever we leave off" (momentarily).
7f. οὐδ' ... μὴ ὅτι: Cf. II. 26. 3.
8 παρείρειε: aor. opt. < παρ-είρω, "insert."

## VI. 3

1f. **τι ... βοηθῆσαι**: "bring some aid (to)."
   **ἐλεγχομένῳ**: "when he's being hard pressed for an answer."
5ff. **ἢ οὖν βούλεσθε ... διαλέγωμαι**: "So do you wish me to converse ...?" Grammatically speaking, this construction is a fusion of two distinct questions, βούλεσθε "do you wish?" and διαλέγωμαι "shall I converse?" (deliberative subj.); see S 1806.
6 **Νικόστρατος**: a famous tragic actor of the later 5th cent. B. C.
   **τετράμετρα**: refers most likely to the trochaic tetrameter, the use of which in tragedy (to judge from the surviving plays of Sophocles and Euripides) enjoyed a resurgence in the latter part of the 5th century.
   **πρός** (+ acc.): "to the accompaniment of" (LSJ C. III. 6).
   **κατέλεγεν**: "used to recite."
7 **ὑπὸ τοῦ αὐλοῦ**: another way of expressing musical accompaniment (LSJ s.v. ὑπό A. II. 5).

## VI. 4

1 **πρὸς τῶν θεῶν**: πρός + gen. is commonly used in "oaths and entreaties" (S 1695. 1b).
3 **ἡδύνεσθαι ἄν τι**: "would be sweetened somewhat," representing potential opt. in indirect discourse.
   **φθόγγων**: "notes" (of the *aulos*).
4 **μορφάζοις**: lit. "make shapes," hence "pose, posture" (or perhaps "make faces").

## VI. 5

2 **αὔλημα**: "*aulos*-tune."
3 **τῷ μὲν ἐλεγχομένῳ**: The μέν *solitarium* shifts attention to Antisthenes' putative victim while leaving his own case open.
4 **συριγμόν**: can denote either "whistling" (such as may be produced by a wind instrument) or "hissing" (such as is used to signal disapproval of a performer); presumably Antisthenes intends both meanings simultaneously.

## VI. 6

2 **ἀμελοῦντας, ἡδομένους**: agree with an understood "them" or "people."
3f. **ἆρα σύ ... ὁ φροντιστὴς ἐπικαλούμενος**: "Are you the one nicknamed the 'Thinker'?" (Todd). The article may be used with a predicate noun "referring to a definite object (an *individual* or a *class*) that is well known" (S 1152). ἐπικαλεῖσθαι means literally "to be called (by some name) *in addition* (to another name)." In the following

VI. 6  Xenophon's Symposium  89

exchange Xenophon has the Syracusan draw on Aristophanes' *Clouds*, in which Socrates is portrayed as the head of a φροντιστήριον ("thinking-shop" or research institute) devoted in part to (pseudo-) scientific speculation about natural phenomena.

5  οὔκουν κάλλιον: "Well, isn't that better ...?" On οὔκουν see App. 13. C; for its use in impatient, excited, or indignant questions see S 2953d, GP 432f.
6  εἰ μή γε ἐδόκεις: "Yes, (it would be), if you didn't have the reputation of being..." (protasis of pres. contrary-to-fact condition).
τῶν μετεώρων: "celestial subjects," objective gen. with φροντιστής.

VI. 7
3  ἀνωφελεστάτων < ἀν-ωφελής, "useless, unprofitable, producing no benefit."
4  καὶ οὕτως: "even so," i.e., even granting what you say.
μέν γε: See on I. 9. 4.
5  εἰ δὲ ψυχρὰ λέγω: "If the pun is strained" (Todd), lit. "If what I say is cold/frigid," referring to the purported derivation of ἀνωφελής from ἄνωθεν + ὠφελεῖν. ψυχρός is the standard term for jokes (or literary productions) that are too labored to be effective (LSJ II. 4).

VI. 8
1f.  πόσους ψύλλας πόδας ἐμοῦ ἀπέχεις: "how many flea-feet away from me you are." There is a clear allusion to *Clouds* 144-52, which reports an experiment to determine the distance a flea can jump as measured in terms of its own feet. ψύλλας (= ψύλλης, Doric gen. sing.) and ἀπέχεις are emendations; the MSS read πόσους ψύλλα πόδας ἐμοῦ ἀπέχει, "how many feet away from me a flea is," which makes little sense.
3  σὺ μέντοι: emphatic ("Now *you* ..."), "giving the reason why this particular person is addressed in this particular way" (GP 400).
3f.  δεινὸς ... εἰκάζειν: "clever at drawing comparisons." Producing farfetched and/or witty comparisons was a typical entertainment at symposia; Philip has already given a sample of his abilities in this line at II. 20 (arms and legs weighed out like bread-loaves).
4  λοιδορεῖσθαι βουλομένῳ: Since the infin. can be taken either as mid. (with act. sense) or as pass., the phrase may mean "one who is trying to be verbally offensive" (for this force of βουλομένῳ cf. ἐβούλετο in I. 14. 5) or "one who wishes to be verbally abused" (i.e., who is being so offensive that he is, as we say in English, "asking for

it"). If the ambiguity is intentional, as seems likely, Todd's "one with a penchant for abuse" leaves things neatly open.

6 **καὶ ἄλλοις γε πολλοῖς**: The dat. is parallel either to σοι ("yes, and he seems so to many *other* people as well") or to βουλομένῳ ("yes, and he resembles many *other* [sorts of] people as well").

## VI. 9
4 **ἀλλ' εἴπερ γε**: "But if in fact ...."
**τοῖς πᾶσι καλοῖς**: either "to those who are καλοί in all things," with πᾶσι as dat. of respect (thus Bowen), or "to the entire body of καλοί," "to all καλοί in the world considered collectively" (thus Todd and Huss; cf. S 1174a).
7 **καὶ νῦν**: "Even now," "even as it is."
7f. **εἰ †πάντ' αὐτοῦ βελτίωνt φῇς εἶναι**: The text as it stands cannot be construed. Two fairly straightforward emendations are possible, each leading to a different point: (1) εἰ πάντ(α) (masc. acc. sing.) αὐτοῦ βελτίω φῇς εἶναι: "if you say that everyone is superior to him" (as you do if you say that he merely *resembles* the virtuous instead of actually being virtuous himself); (2) εἰ πάντ(α) (neut. acc. pl.) αὐτὸν βελτίω φῇς εἶναι: "if you say that he is superior in all respects" (since grossly exaggerated praise can itself be interpreted as a form of abuse).

## VI. 10
1 **βούλει ... εἰκάζω**: See on βούλεσθε ... διαλέγωμαι in VI. 3. 5ff.
2 **μηδέ**: "Not ... either."
**πονηροτέροις**: "to people who are his moral inferiors." πονηρός, ("worthless, good-for-nothing, bad") is commonly used as an antonym for χρηστός ("useful, serviceable, " "morally upstanding").
5 **οὐ μέντοι γε ... οἶδα ὅπως**: "I really *don't* know how ...."
**ἄξια τοῦ δείπνου**: "services worthy of my dinner" (in his role as γελωτοποιός).
8 **κατεσβέσθη**: aor. pass. < κατα-σβέννυμι, "extinguish, quench."

## VII. 1
2 **αὖ πάλιν**: "once again."
2ff. **ἆρα ... νῦν ἂν μάλιστα καὶ ἅμα ᾄσαιμεν**: "wouldn't this be an excellent time for us to *sing* together as well?", lit. "might we at this moment especially sing together too (the way we are all *talking* simultaneously)?"

## VII. 2

1  ᾖσεν: 3rd sing. aor. < ᾄδω. If the number is correct (some editors have emended to ᾖσαν), then none of the other guests follows Socrates' lead in singing, perhaps because they are distracted by the preparations for further entertainment then under way.

2  τροχὸς τῶν κεραμεικῶν: "a potter's wheel," lit. "a wheel for (of) earthenware items."

4f.  κινδυνεύω ... εἶναι: "I am likely to be" = "it is likely that I am" (the usual personal construction).

6  ῥᾷστα: superlative of ῥᾳδίως.

## VII. 3

1  τὸ μὲν ... κυβιστᾶν: The antithesis to this μέν is long in coming, since it is only in VII. 5, after elaborating his point with further examples of inappropriate entertainments and activities, that Socrates finally proposes what he has in mind.

2  οὐδὲν προσήκει (+ dat.): "in no way befits, is totally out of place at."
καὶ μὴν ... γε: progressive καὶ μήν (App. 6) reinforced by γε, as often (GP 352).

2f.  τὸ ... γράφειν τε καὶ ἀναγιγνώσκειν: compound articular infin. serving as subject of ἐστιν, with θαῦμα ... τι as predicate (the accent on τι is due to the following enclitic).

3  ἅμα περιδινουμένου: "at the same time that it spins around."

4f.  ἡδονὴν δὲ οὐδὲ ταῦτα δύναμαι γνῶναι τίν(α) ἂν παράσχοι: "but I am unable to decide/determine what (kind of) pleasure even *those* things (or 'those things *either*') could provide." ταῦτα is the subject and (τίν') ἡδονήν the object of the indirect question governed by γνῶναι, but both are brought forward ahead of their construction for the sake of emphasis.

5  οὐδὲ μὴν ... γε: the negative version of progressive καὶ μὴν ... γε. "Nor yet again ...."

5ff.  τό γε ... ἥδιον ἢ ... θεωρεῖν: In strict grammar this sentence consists of two articular infin. phrases linked by ἥδιον (sc. ἐστὶν) ἢ, but each borrows elements from the other in such a way that neither is complete as it stands: τοὺς καλοὺς καὶ ὡραίους θεωρεῖν must be retrojected from the second phrase into the first, and the initial τό should be mentally reduplicated after ἢ.

## VII. 4

1  καὶ γὰρ δή: "For of course ...."
οὐδὲ πάνυ τι σπάνιον (sc. ἐστί): "isn't even anything very rare."

3   τί ποτε: "(for example), why in the world ..." (cf. IV. 27. 1); indirect question dependent on θαυμάζειν.
4   τὸ ... χαλκεῖον: lit. "the bronze (piece)"; taken by some to be a mirror, but more probably a reflector-plate designed to enhance the lamp's effectiveness (so Huss).
5   καὶ πῶς: introduces a second indirect question dependent on θαυμάζειν.
7   ἀλλὰ γάρ: "But the truth is ...." This particle combination is frequently used in transitions (S 2819c, GP 103); it is most easily understood by positing an ellipsis: "But (enough of *that* topic), because (at the moment I'm more interested in *this* one) ...."
7f. καὶ ταῦτα μὲν οὐκ εἰς ταὐτὸν τῷ οἴνῳ ἐπισπεύδει: "these topics/questions also (i.e., like acrobatic displays) do not hasten toward the same end as wine," i.e., are not in harmony with the spirit and purpose of a drinking party. The μέν restates the μέν of VII. 3. 1 just before the appearance of the responding (but long-postponed) δέ; cf. GP 384. For ταὐτόν = ταὐτό see S 328 N.

## VII. 5

1   εἰ δὲ ὀρχοῖντο: answers μέν in VII. 3. 1; the subject is ὁ παῖς καὶ ἡ παῖς understood from VII. 2. 6.
2   Χάριτες, Ὧραι, Νύμφαι: The Charites (Graces), generally reckoned to be three in number, are embodiments of grace, charm, and festivity, while the Horai (Hours, Seasons), also three in number, are embodiments of social and cosmic order. Nymphs are nature spirits linked with springs, trees, and the like.
    γράφονται: "are depicted," i.e., in paintings.
    πολύ: with ῥᾷον.
2f. ἂν ... διάγειν καὶ ... εἶναι: representing the apodosis of a fut. less vivid condition dependent on οἴμαι; in such situations ἄν commonly attaches itself to the leading verb of saying or thinking (S 1764).
    αὐτούς γε: "they themselves" (intensive).
3   ἐπιχαριτώτερον: "more delightful" (a pun on Χάριτες is probably intended).
4   ἀλλά: assentient (App. 1. B).
5   καλῶς ... λέγεις: "you're right" (LSJ s. v. λέγω III. 6).

## VIII. 1

1   συνεκροτεῖτο: impf. < συγκροτέω; either pass. ("was applauded," LSJ I. 2) or mid. ("began to organize [his troupe]," LSJ II. 2. c). The tense of ἐξελθών makes the latter more likely (he should be applauded *before* he goes out of the room, not after).

## VIII. 1

2 **καινοῦ λόγου κατῆρχεν**: "initiated a new (topic of) discourse." The long speech on ἔρως that Socrates proceeds to deliver has been regarded as the clearest evidence that Xenophon's *Symposium* (or at any rate Chapter VIII) was both written after and influenced by Plato's dialogue of the same name.

2ff. **ἆρ' ... εἰκός** (sc. ἐστὶν) **ἡμᾶς ... μὴ [ἂν] ἀμνημονῆσαι**: "it's fitting for us, is it not, to be not unmindful ...?" On occasion ἆρα alone, rather than the usual ἆρ' οὐ, can be used to introduce a question that expects a positive answer (GP 46). The ἂν is to be expelled from the text as intrusive.

3 **παρόντος δαίμονος μεγάλου**: As the sentence unfolds this phrase is at first naturally taken as a gen. absolute ("a mighty power being present" = "in the presence of a mighty power"), then reinterpreted as the object of ἀμνημονῆσαι. The many genitives that follow (ἰσήλικος, νεωτάτου, ἐπέχοντος, ἰδρυμένου) are in agreement with δαίμονος.
**ἰσήλικος** (+ dat.): "of equal age with."

5 **ἐπέχοντος**: "having control over" (LSJ VI. 1).
**ἰδρυμένου**: "enshrined (lit. 'seated' or 'established') in."

7 **θιασῶται**: "devotees, votaries," ← θίασος, which properly denotes a band of Bacchic revelers.

## VIII. 2

1f. **ἐγώ τε ... Χαρμίδην δέ**: On this form of coordination see S 2981, GP 513f.
**ἐρῶν ... διατελῶ**: Cf. IV. 44. 6. The reference to past time in οὐκ ἔχω χρόνον εἰπεῖν requires that the pres. be rendered as perf. in English; see on ἐξ οὗ ἐμοὶ σύνεστιν in IV. 23. 4.

3 **ἔστι δὲ ὧν καὶ αὐτὸν ἐπιθυμήσαντα**: "and (I know) that he himself also has conceived a desire for some." The idiomatic phrase εἰσὶν οἵ "some" (lit. "there are those who") uses ἔστιν ὧν as its regular genitive (S 2514).

4 **ἔτι καὶ νῦν ἐρώμενος ὤν**: "though still an object of desire even now" (concessive part.). Though ἐρώμενος is grammatically the pass. part. of ἐράω, it is so commonly used as a substantive (the "beloved" of a "lover" or ἐραστής) that it can serve as a predicate to ὤν.

## VIII. 3

2 **ἀντερᾶται**: "is loved in return."
4 **κατατήκεται**: "is pining, is wasting away" (lit. "is melting").

4f. ὡς σπουδαῖαι: "how serious," introducing an indirect exclamation (S 2685). Supply ὡς with each of the following adjectives.
5 ἀτρεμές: "steady, calm" (lit. "untrembling").
6 πραεῖα: 3rd declension fem. nom. sing. < πρᾶος, "gentle, mild, soft" (S 311c).
ἦθος: usually "character, disposition," here perhaps "demeanor" (Todd) or "outward bearing" (LSJ II. 2. b).
6f. τοῖς δὲ σεμνοτάτοις ... ὑπερορᾷ: Supply οὐχ ὁρᾶτε ὡς from above to govern this clause.
7 οὐδὲν ... ὑπερορᾷ: "in no way looks down upon."

## VIII. 4
2 ἐπισκώψας ... εἶπε: "said jestingly/jokingly." The aor. part. may represent coincident rather than prior action "when it defines, or is identical with, [the action] of the leading verb, and the subordinate action is only a modification of the main action" (S 1872c).
ὡς δὴ θρυπτόμενος: "pretending to be coquettish" (Todd), with the unlikeliness of the pretence underscored by "ironical" δή (S 2842, GP 230). For this meaning of θρύπτομαι (lit. "be broken into pieces") see LSJ II. 2. c and contrast θρυπτομένου in VIII. 8. 4.
3 ἄλλα πράττω: "I'm otherwise engaged" (Bowen).

## VIII. 5
1f. σὺ μαστροπὲ σαυτοῦ: "you who are your own pimp" ("procurer of your own charms," Todd).
2f. τοτὲ μὲν ... τοτὲ δ': "at one time ... at another" (indefinite, hence the accentuation; cf. S 346b). The asyndeton has explanatory force; see on IV. 39. 3.
2 τὸ δαιμόνιον: "your divine sign," i.e., the private "voice" which Socrates claimed would sometimes manifest itself in order to influence his actions.
προφασιζόμενος: "offering by way of an excuse."
3 ἄλλου του (= τινὸς) ἐφιέμενος: "aiming at some other object," < ἐφ-ίημι.

## VIII. 6
1 πρὸς τῶν θεῶν: See on VI. 4. 1.
2 μόνον μὴ συγκόψῃς με: "just don't beat me up!" (prohibitive subj., S 1800).
τὴν δ' ἄλλην χαλεπότητα: "the rest of your bad temper," i.e., its other manifestations.
3 φιλικῶς: "in a friendly spirit," "as a friend should."

VIII. 6 Xenophon's Symposium 95

4 ἀλλὰ γάρ: See on VII. 4. 7.
ἐπειδὴ καί: "because in fact," "because actually" (cf. GP 296f.).

VIII. 7
1 γε μήν: adversative, answering τὸν μὲν σὸν ἔρωτα two lines earlier.
2 πολλοὺς δ' οἶμαι: sc. εἰδέναι.
2f. τούτου δ' αἴτιον τὸ ... ὑμᾶς εἶναι: "The reason for this is (the fact) that you are ...."
   πατέρων ... ὀνομαστῶν: "of (i.e., descended from) famous fathers," gen. of origin (S 1298) or quality (S 1320) used predicatively.
3 αὑτούς: "yourselves."

VIII. 8
2 ἠγάμην: impf. < ἄγαμαι, "admire."
3 ἁβρότητι χλιδαινομένου: "one who revels in luxurious living."
3f. μαλακίᾳ θρυπτομένου: "one who is enfeebled by (effeminate) softness" (LSJ s. v. θρύπτω II. 2. a).
5 τοιούτων: "such traits/qualities"; gen. object of ἐπιθυμεῖν.

VIII. 9
1 εἰ μὲν οὖν: "Now whether on the one hand ..." (introducing an indirect question dependent on οὐκ οἶδα); answered by adversative γε μέντοι two lines below (GP 412).
2 Οὐρανία, Πάνδημος: "heavenly" and "belonging to all the people" respectively. The epithets appear to have been traditional cult titles for Aphrodite, but their meaning was subject to varying interpretations; the distinction figures largely in the speech delivered by Pausanias in Plato's *Symposium* (180c1-185c4).
2f. ὁ αὐτὸς δοκῶν εἶναι: "though he is reckoned to be one and the same"; the article puts αὐτός but not δοκῶν into the attributive position.
3 ἐπωνυμίας: "by-names," i.e., cult titles.
   χωρὶς ἑκατέρᾳ: "for each of the two (Aphrodites) separately."
4 ῥᾳδιουργότεραι: Todd translates "excelling in looseness," but more probably it means "rather offhandedly performed" (← ῥᾴδιο- + ἐργ-).

VIII. 10
1 καὶ τοὺς ἔρωτας: The καί adds the kinds of passion inspired by the two Aphrodites to the other differences that exist between them.
2f. τῶν σωμάτων, τῆς ψυχῆς, τῆς φιλίας, τῶν καλῶν ἔργων: all objective gen. with τοὺς ἔρωτας.

3f. **ὑφ' οὗ δὴ ... ἔρωτος**: "*that's* the (kind of) passion by which ..." For the combination of conjunctive relative and emphatic δή see on I. 10. 7f., IV. 24. 1.
4 **κατέχεσθαι**: "be possessed (by), be in the grip (of)"; cf. I. 10. 2.

VIII. 11
1 **τεκμαίρομαι** (+ dat.): "infer (something) from"; supply "this" (i.e., the nature of your love) as object.
2 **ὅτι**: causal, indicating another ground for Socrates' inference.
3 **συνουσίας**: "meetings."
4 **ἀπόκρυφον**: "hidden, concealed," with gen. of separation (S 1427) and dat. of agent (S 1488).

VIII. 12
2 **ἄλλα τέ σου πολλὰ ἄγαμαι καὶ ὅτι**: "I admire many other things about you and in particular the fact that ...." Verbs of emotion more commonly take acc. of person and gen. of thing (S 1405). For ἄλλα τε καί see on IV. 45. 2.
**ἅμα χαριζόμενος ... καί**: "while gratifying ... you also ...."

VIII. 13
2 **ἀξιόλογος** (sc. ἐστί): "of real value" (lit. "worthy of mention"); compound adjectives are regularly of two endings (S 288).
**φιλεῖν**: infin. subject of καλεῖται, with ἀνάγκη as predicate nom. ("affection ... is called ... a compulsion ...").
2f. **τῶν μὲν τὸ ἦθος ἀγαμένων**: apparently gen. of connection (see on V. 7. 1), "in the case of those who ...."
3f. **τῶν δὲ τοῦ σώματος ἐπιθυμούντων**: partitive with πολλοί.
4f. **πολλοὶ μὲν ... ἂν δέ ...** : The particles signal two contrasting subgroups within the category of "lovers who desire the body."
5 **τῶν ἐρωμένων**: possessive with τοὺς τρόπους.

VIII. 14
1 **ἂν δὲ καὶ ἀμφότερα στέρξωσι**: "But even granting that they conceive affection (ingressive aor.) on both counts/in both respects," i.e., on the level of character as well as that of physical desire. For ἐάν (εἰ) καί cf. IV. 18. 3, IV. 40. 2.
2 **παρακμάζει**: Cf. IV. 17. 2.
**ἀπολείποντος ... τούτου** (sc. τοῦ ἄνθους): gen. absolute. When intransitive, ἀπολείπω means "cease, fail" (LSJ A. IV. 1).
3 **συναπομαραίνεσθαι**: "fade/wither away (ἀπο-) along with (συν-)."

VIII. 14        *Xenophon's* Symposium        97

3f. ὅσονπερ ἂν χρόνον ἴῃ ἐπὶ τὸ φρονιμώτερον: "just (-περ) as long as it is progressing toward greater wisdom...."
4   καὶ ἀξιεραστοτέρα: "even more worthy of inspiring *eros.*"

VIII. 15
1   χρήσει: "enjoyment."
    τις καὶ κόρος: "a certain (point of) *satiety*, in fact"; on emphatic καί with substantives see GP 320.
2f. ἅπερ καὶ ... ταῦτα ἀνάγκη καὶ ... πάσχειν: "the very same feelings which (one experiences) in relation to food on account of fullness, those feelings one necessarily experiences in relation to the beloved as well." On καὶ ... καί see App. 2. B.
    τὰ παιδικά: a common synonym for ἐρώμενος (LSJ III. 2), with neut. pl. = masc. sing.
4   ἀκορεστοτέρα: "less subject to satiety."
4f. οὐ ... καὶ ἀνεπαφροδιτοτέρα (sc. ἐστί): "it is not ... also less endowed with the delights/charms of Aphrodite."
4   μέντοι: adversative.

VIII. 16
1ff. ὡς μὲν γὰρ ... φιλόφρων οὖσα: an indirect statement dependent upon οὐδὲν ἐπιδεῖται λόγου, "there is no further (ἐπι-) need for argument (to show) that ...." Within the indirect statement the subject of the compound predicate ἄγαταί τε καὶ φιλεῖ is ψυχή (i.e., the soul of the ἐραστής) as characterized by the two participial modifiers θάλλουσα ("blooming") and οὖσα.
2f. μορφῇ ... ἐλευθερίᾳ: "the beauty of form characteristic of a free-born man."
    αἰδήμονι: See on αἰδημονεστέρους in IV. 15. 6.
3f. εὐθὺς ἐν τοῖς ἥλιξιν ἡγεμονική τε ἅμα καὶ φιλόφρων οὖσα: "(a soul) which straightway (i.e., starting from childhood) takes the lead among its contemporaries while at the same time remaining genial in temper."
5   εἰκός (sc. ἐστι): See on IV. 42. 1.
6   ἀντιφιλεῖσθαι: Cf. ἀντερᾶται in VIII. 3. 2. The shift from ἐράω to φιλέω is significant since, as Socrates goes on to explain, the ἐρώμενος or παιδικά himself experiences no *eros.*
    καὶ τοῦτο: "this too," summing up the preceding ὅτι clause.

VIII. 17
2   ὑφ' οὗ: gen. of agent with νομιζόμενος; its antecedent is an understood τοῦτον, object of μισεῖν.

εἰδείη: opt. of οἶδα.
2f. ἔπειτα δὲ ὁρῴη αὐτόν: still dependent on τίς μισεῖν δύναιτ' ἄν, but with αὐτόν substituted for ὄν. "Next, (who could hate a person) whom he saw ...?"
3 καλά: "excellences," i.e., his fine qualities and their potential for realization in action.
ἡδέα: "pleasure" (lit. "pleasant things").
4 σπουδάζοντα: "taking zealous care for"; contrast the intransitive sense "be serious, be earnest" in I. 15. 6 and II. 17. 3.
4f. πιστεύοι μήτ' ἄν ... μήτ' ἄν ... μειωθῆναι ἂν τὴν φιλίαν: The elliptical construction continues: "(who could hate a person whose) friendship he trusted would be diminished neither if ... nor if ...?"
4 παρανθήσῃ: aor. subj. < παρ-ανθέω, "lose the bloom of youth" (cf. παρακμάζω in IV. 17. 2 and VIII. 14. 2). This is an emendation for the meaningless †παρά τι ποιήσῃ† of the MSS.
5 καμών: "having fallen sick" (LSJ κάμνω II. 3).

VIII. 18
1f. οἷς ... κοινὸν τὸ φιλεῖσθαι: "those who enjoy a mutual affection" (Todd), lit. "those for whom loving-and-being-loved is (something) held in common" (reciprocal mid., S 1726). The antecedent of οἷς is τούτους in the following line.
3 εὐνοϊκῶς: "in a spirit of good will."
5 σφάλμα: "misfortune, failure," lit. "slip, stumble" (cf. σφαλοῦνται in II. 26. 3).
6 κάμῃ: "falls sick" (ingressive aor.).
7 ὁπότερος οὖν: "one or the other (and it doesn't matter which)"; οὖν underscores the indefiniteness; cf. S 2963, GP 422.
8 ἀπόντων, παρόντων: agreeing with an understood ἀλλήλων, object of ἐπιμελεῖσθαι.
9 γέ τοι: equivalent to γοῦν, "at any rate" (GP 550).
τὰ τοιαῦτα ἔργα: "behavior/conduct of this sort."
ἐρῶντες τῆς φιλίας: "feeling passion for (their) friendship." In view of Socrates' efforts to distinguish the physical and spiritual elements in love, there seems to be a hint of deliberate paradox in the phrase.

VIII. 19
2 κρεμάμενον < κρέμαμαι, "hang, be dependent."
3 νέμει (ταῦτα) ὧν: "allots the things (i.e., pleasures) which ...."
ἐπονειδιστότατα: "most subject to reproach, most reprehensible."
3ff. ἃ σπεύδει πράττειν ... εἴργει ... τοὺς οἰκείους ἀπὸ τούτων: either "keeps the relatives (sc. of the ἐρώμενος) away from

(knowledge of) those things which he is eager to obtain ..." (so Todd) or "keeps his own (young male) relatives away from (engaging in) those things which ..." (so Bowen).
4  μάλιστα: "as much as possible, as best he can."

VIII. 20
1  βιάζεται, πείθει: "uses force" and "uses persuasion" respectively.
3  ἀποδεικνύει: "reveals" (contrast IV. 1. 2 and IV. 57. 2); for the form cf. ὀμνύοντες in IV. 10. 6.

VIII. 21
1  ἀλλὰ μήν: See App. 6.
   χρημάτων γε ἀπεμπολῶν: "selling for *money*," with intensive γε underscoring the sordid fact.
2f. πωλῶν καὶ ἀποδιδόμενος: Both verbs mean "offer for sale."
3  οὐ μήν: "assuredly not" (cf. S 2921).
   ὅτι γε ... οὐδὲ ὅτι γε: The repeated γε emphasizes how far the stated facts are from being grounds for affection.
   ὡραῖος ἀώρῳ: sc. ὁμιλεῖ.
4  οὐδὲ γάρ: "for in fact ... not" (negative of καὶ γάρ).
5  κοινωνεῖ: "has a share in X (gen. of thing) along with Y (dat. of person)."

VIII. 22
1  ἐξ ὧν: See on IV. 45. 11.
   τὸ ὑπερορᾶν: Cf. ὑπερορᾷ in VIII. 3. 7, though here the verb governs the gen. rather than the acc.
   ἐγγίγνεται: "arises in."
2  καὶ ... δ': See App. 3.
3  φιλουμένων: reciprocal mid.; cf. τὸ φιλεῖσθαι in VIII. 18. 2.
4  πολλὰ ... καὶ ἀνόσια: "many shocking (deeds)." ἀνόσιος means literally "unholy," i.e., not sanctioned by divine approval.
   ἤδη: "before now," i.e., up to this point in history.

VIII. 23
2  ἀνελεύθερος (sc. ἐστί): "unworthy of a free man," because it encourages the kind of servile behavior that Socrates goes on to describe.  For the ending, see on ἀξιόλογος in VIII. 13. 2.
3  ἀγαπῶντι: This verb normally means either "treat with affection" (LSJ I. 1) or "be content (with)" (LSJ III); its use in an erotic context is unusual.

4 ὥσπερ Χείρων καὶ Φοῖνιξ ὑπ' Ἀχιλλέως (sc. ἐτιμῶντο): Chiron the Centaur and Phoenix both served as tutors to Achilles.
5 τοῦ σώματος ὀρεγόμενος: Cf. τῶν ἀλλοτρίων ὀρέγονται in IV. 42. 3.
6 περιέποιτο: pass. opt. < περιέπω, "handle, treat."
τοι: See App. 14.
προσαιτῶν, προσδεόμενος: both verbs mean "beg," with an implication of importunity in προσ- (i.e., asking for something *in addition* to what one has been given already).
7 ψηλαφήματος: "caress," according to LSJ, but Socrates' next remark makes it clear that the word is vulgar in tone (← ψηλαφάω, "feel blindly, grope").

## VIII. 24

2 λαμυρώτερον: "rather improperly."
συνεπαίρει (sc. με): "helps (συν-) to stir me up (ἐπ-)."
3 εἰς τὸν ἀντίπαλον ἔρωτα αὐτῷ: "against the (kind of) love that is opposed/antagonistic to it" (i.e., to the spiritual *eros* that motivates Socrates).
4 παρρησιάζεσθαι: "to speak freely/frankly/openly."

## VIII. 25

1 τῷ εἴδει: "the (bodily) appearance," sc. of the beloved.
μεμισθωμένῳ χῶρον ἐοικέναι: "to resemble one who has leased land for himself"; cf. μισθωταῖς in IV. 4. 3.
2f. ὅπως ... γένηται: The use of the subj. in a clause of care or effort (S 2214) is an occasional alternative to the standard fut. indic. (S 2211), seen immediately below in ὅπως ... καρπώσεται.
3 ὅτι πλεῖστα ὡραῖα: "as large a harvest (lit. 'as many ripe things') as possible," with an allusion to the youthful beauty (ὥρα) of the beloved.
4 ἐφιέμενος: See on VIII. 5. 3.

## VIII. 26

1 τῶν παιδικῶν: partitive gen. with ὃς μὲν ... ὃς δ', hence pl. in sense as well as in form.
2 ὁ τοῦ εἴδους ἐπαρκῶν: With the gen. ἐπαρκέω means "make available, furnish a supply of" (cf. LSJ II); contrast ἐπήρκει in IV. 43. 3.
3 τἆλλα (= τὰ ἄλλα): "in (all) other respects."
ῥᾳδιουργεῖν: "take things easy, make little effort"; cf. ῥᾳδιουργότεραι in VIII. 9. 4.

VIII. 26     *Xenophon's* Symposium     101

4    **καθέξει** < κατέχω, here "keep, retain" (contrast κατέχειν in II. 10. 7).

VIII. 27
1f.    **μέγιστον δ' ἀγαθόν** (sc. ἐστι) ... **ὅτι**: "But the greatest benefit ... is (the fact) that ...."
3     **οἷόν τε** (sc. ἐστί): Cf. V. 4. 1.
4     **οὐδέ γε**: "nor yet" (GP 156).
      **ἀκρασίαν** (= ἀκράτειαν): "lack of self-control," particularly in connection with bodily appetites and impulses.

VIII. 28
2     **καὶ μυθολογῆσαι**: "demonstrate by reference to myth as well."
3f.    **περὶ πλείονος ... ποιοῦνται**: "consider of greater importance"; cf. LSJ s.v. περί A. IV.
4     **χρῆσιν**: Cf. χρήσει in VIII. 15. 1.

VIII. 29
1     **Ζεύς τε γάρ**: The τε forecasts the eventual shift in focus from Zeus to the ἥρωες catalogued in VIII. 31, although by that point the coordination with τε will have been forgotten and progressive ἀλλὰ μήν substituted.
1f.    **ὅσων μὲν θνητῶν οὐσῶν μορφῆς ἠράσθη**: either "(all) those (women), mortal as they were, whose beauty he fell in love with" (taking μορφῆς as object of ἠράσθη) or "with whom, owing to their beauty, he fell in love" (taking μορφῆς as gen. of cause).
2     **συγγενόμενος**: "having had sexual intercourse (with them)."
      **εἷα**: impf. < ἐάω.
3     **ἀγασθείη**: (ingressive) aor. < ἄγαμαι (cf. VIII. 8. 1); the opt. indicates that the relative clause has past general force (S 2568).
      **ὧν**: "among whom" (partitive gen.).

VIII. 30
1f.    **καὶ ἐγὼ δέ**: "And *I* even/actually" (App. 3), perhaps implying that his views on Zeus and Ganymede are heterodox.
3     **ἀνενεχθῆναι**: aor. pass. infin. < ἀνα-φέρω.
4     **Ὁμήρῳ**: "in Homer," dat. of cited source.
5     **γάνυται δέ τ' ἀκούων**: "and he delights in hearing." The τε has generalizing force ("epic τε," GP 520f.). Neither this phrase nor the one quoted two lines below appears in the Homeric corpus as we have it.
6     **τοῦτο δὲ φράζει**: "and this says/means."

ἀλλοθί που: "somewhere else."
7   πυκινά: "shrewd, wise" (lit. "close-set, tightly packed").
    φρεσί: dat. pl. < φρήν, "mind, heart" (lit. "midriff, diaphragm").
    μήδεα: "counsels"; a different word of identical form means "genitals."
9f. ἡδυσώματος, ἡδυγνώμων: two Xenophontic coinages, meaning respectively "endowed with an attractive (lit. 'pleasure-giving') body" and "endowed with an attractive intelligence." Each purports to represent the meaning of Γανυμήδης as deriving from γάνυμαι + μήδεα, with the second element interpreted differently in each case (see previous note).

VIII. 31
1   ἀλλὰ μήν: See App. 6.
2   Ὁμήρῳ: dat. of agent with perf. pass. (S 1488).
2f. πεποίηται ... τιμωρῆσαι (+ dat.): "has been represented as avenging."
5f. ὑμνοῦνται ... διαπεπράχθαι: "are celebrated in song for having achieved."

VIII. 32
1   τί δέ: See on IV. 58. 4.
    νῦν: "of the present day"; adverb used adjectively (S 1096).
4   Παυσανίας, Ἀγάθωνος: two of the *dramatis personae* in Plato's *Symposium*, in which Pausanias offers a vigorous defense of that higher (or "Uranian") form of pederasty which combines physical desire and gratification with a deep concern for the spiritual welfare and development of the beloved (180c-185c). In the ensuing exposition Xenophon chooses to have Socrates ignore the strongly ethical component in Pausanias' views.
5   ἐγκαλινδουμένων < ἐγ-καλινδέομαι, "roll around in, wallow in" (+ dat.).
6   ἂν γένοιτο ἐκ: "could be formed out of." In Plato's *Symposium* it is actually not Pausanias but Phaedrus who speaks of such an army (178e-179b).

VIII. 33
2   ἂν ... αἰδεῖσθαι: representing a potential opt. in indirect discourse dependent on οἴεσθαι, which is itself dependent on ἔφη. For the position of ἄν see on VII. 5. 2f.
3   θαυμαστὰ λέγων: "a remarkable assertion to make" (lit. "saying amazing things").
    εἴ γε: "if really," "if in fact."

## VIII. 33

ἀναισχυντεῖν: "act shamelessly."
4 αἰσχυνοῦνται: liquid fut. With the infin. αἰσχύνομαι means "be ashamed to do something" and so refrain from doing it, like αἰδεῖσθαι two lines above (S 2126).

## VIII. 34

1 καὶ μαρτύρια δὲ ἐπήγετο ὡς: "And he even adduced as evidence the fact that ..."
   ταῦτα ἐγνωκότες εἶεν: "were of this opinion" (cf. I. 1. 3, II. 10. 2).
2 αὐτοῖς: i.e., the παιδικά.
   ὅμως: "nevertheless," showing that συγκαθεύδοντες has concessive force (S 2082)
3 παρατάττεσθαι ... εἰς τὸν ἀγῶνα: "station alongside (themselves) for the fight."
3f. οὐδὲν ... ὅμοιον: "(although it is) in no way similar/comparable."
   τοῦτο σημεῖον λέγων: "citing this as proof"; the lack of an article shows that σημεῖον must be predicative.
5 ἀπιστοῦσιν ἐοικέναι: "appear to doubt," lit. "resemble ones doubting"; for the construction cf. II. 15. 4.

## VIII. 35

1 οἱ νομίζοντες κτλ.: equivalent to a descriptive relative clause.
   ἐὰν καὶ ὀρεχθῇ τις: "if a person so much as *conceives* a desire" (ingressive aor.), let alone acts on it. The condition is mixed, combining a fut. more vivid protasis with a fut. less vivid apodosis (ἄν ... τυχεῖν = ἄν ... τύχοι).
2 μηδενὸς ἂν ἔτι καλοῦ κἀγαθοῦ τοῦτον τυχεῖν: "that man would in future (ἔτι) come to no good end," lit. "encounter nothing fine and good."
2f. οὕτω τελέως ... ἀγαθούς: "so consummately brave."
4 ἐν τῇ αὐτῇ [πόλει]: πόλει should be deleted and a word like τάξει ("position in battle") should be supplied in thought from ταχθῶσι.
   τῷ ἐραστῇ: dat. governed by the idea of sameness in τῇ αὐτῇ.
   ὁμοίως: "equally," lit. "in just the same way" (as when they are *not* separated from their lovers).
5f. Ἀναίδειαν, Αἰδῶ: "Shamelessness" and "Shame" respectively. Pausanias (III. 20. 10) reports that a statue of Aidos stood beside the road leading north from Sparta.

## VIII. 36

1 **δοκοῦμεν ... μοι**: the usual personal construction ("we seem to me ...") = "I think that we ..."), governing a fut. less vivid condition in indirect discourse.
  **ἄν ... ὁμόλογοι γενέσθαι**: "would come to be in agreement."
2 **ὧδε**: points forward to the indirect question that follows.
  **τῷ ποτέρως παιδὶ φιληθέντι**: "to the boy who has been loved in which of the two ways (i.e., carnally or spiritually) ...?"
3 **μᾶλλον ἄν τις πιστεύσειεν** (+ infin.): "would one feel greater confidence in ...."
  **χάριτας**: "favors."
4 **παρακατατίθεσθαι** (+ dat.): "entrust (to)" (lit. "deposit alongside for safe-keeping").
4f. **καὶ αὐτὸν τὸν ... χρώμενον**: "even the very man who finds enjoyment in ...."
6 **ἐρασμίῳ** = ἐρωμένῳ.
  **πιστεῦσαι**: "entrust"; contrast both sense and syntax of πιστεύσειεν two lines earlier.

## VIII. 37

2 **χάριν εἰδέναι**: See on IV. 12. 5.
3 **φιλότιμος**: "ambitious for glory."
3f. **κηρυχθῆναι ... νικῶν**: "be announced by a herald as winning."

## VIII. 38

1ff. **εἰ δὲ οἴοιτο ... αὐτὸν ... ἄν ... περιέπειν**: fut. less vivid condition in indirect discourse dependent on οἴει in line 5.
  **κοσμήσειν, γενήσεσθαι, ἔσεσθαι**: infinitives in indirect discourse dependent on οἴοιτο.
2 **ἀνδραγαθίαν**: "manly excellence."
3 **τροπαῖα τῶν πολεμίων ἱστάμενος**: "by (repeatedly) setting up monuments of victory over its enemies"; the pres. part. denotes habitual or customary action. The τροπαῖον (← τρέπω) was a monument set up to mark the point at which a defeated enemy was decisively "turned" or "routed."
5 **πῶς οὐκ οἴει**: lit. "how do you not suppose?" = "surely you must suppose"; for the idiom see LSJ s. v. πῶς II. 7.
5f. **εἰς ταῦτα σύνεργον ... κράτιστον**: "the best partner for furthering these designs" (Todd).
6 **περιέπειν**: Cf. περιέποιτο in VIII. 23. 6.

## VIII. 39

- 2 **τούτῳ**: i.e., Autolycus.
- 4f. **ποῖά ποτε, πῶς ποτε**: For ποτέ in questions see on IV. 27. 1.
- 4 **ἐδόκει**: "was reputed" (LSJ II. 5).
  **τῇ πατρίδι**: governed by σύμβουλος.
- 7 **δοκοῦσιν**: See above on ἐδόκει.
  **προξενεῖς δέ**: "for you serve as (the Spartans') *proxenos*," with δέ apparently equivalent in force to γάρ (GP 169f.). A *proxenos* was an individual who represented the interests of a foreign state within his own community.
- 8 **κατάγονται**: "are lodged/entertained" (LSJ I. 4. b).
  **παρὰ σοί**: "at your house."

## VIII. 40

- 2f. **τὰ μέγιστα**: "the highest qualifications" (Todd).
- 3 **εὐπατρίδης**: "of noble/aristocratic birth."
- 3f. **ἱερεὺς θεῶν τῶν ἀπ' Ἐρεχθέως**: Assuming that the text is correct, this most probably means "priest of the gods from (i.e., introduced by) Erechtheus" (a legendary king of Athens), referring to the worship of Demeter and Persephone at Eleusis. Bowen follows Todd in placing τῶν ἀπ' Ἐρεχθέως before ἱερεύς: "You are of noble birth, (one) of those descended from Erechtheus, a priest of the gods who ...." Callias held a hereditary position as δᾳδοῦχος ("torch-bearer") at the Eleusinian Mysteries.
- 4 **σὺν Ἰάκχῳ**: Iacchus is another name for Dionysus, particularly in his association with Eleusis and the Eleusinian Mysteries. Shortly before the battle of Salamis, according to Herodotus (VIII. 65), a mysterious cloud of dust seemed to advance from the direction of Eleusis, accompanied by the sound of a voice invoking Iacchus.
- 5 **νῦν ἐν τῇ ἑορτῇ**: either "in our day at the (Eleusinian) festival" (so Todd) or "just now at the (Panathenaic) festival" (so Bowen).
- 5f. **ἱεροπρεπέστατος ... τῶν προγεγενημένων**: "more becoming to your sacred office than (all) your predecessors"; for the construction see on αἴσχιστος in IV. 19. 4.
- 6 **ἀξιοπρεπέστατον ... τῆς πόλεως**: "best-looking (lit. 'worthiest in appearance') of/in (all) the city."

## VIII. 41

- 2 **σπουδαιολογῆσαι**: "speak seriously/earnestly"; cf. ἐσπουδαιολογήθη in IV. 50. 1.
  **παρὰ πότον**: Cf. παρ' οἶνον in VI. 2. 2.

2f. **μηδὲ τοῦτο θαυμάζετε**: "don't be surprised at this either," with a reference back to μὴ θαυμάζετε in VIII. 24. 2.
3 **ἀγαθῶν ... καὶ ... ἐφιεμένων**: objective gen. with συνεραστής. Substantival adjectives and participles may lack the article "when the reference is general" (S 1130).
4 **ἀεί ποτε ... ὢν διατελῶ**: "I have at all times continued to be...." The addition of ποτε to ἀεί ("always in the past," LSJ s. v. πότε III. 3) turns διατελῶ into a "present of past and present combined"; cf. IV. 23. 4, VIII. 2. 1f.

## VIII. 42
2 **κατεθεᾶτο**: "kept his eyes fixed on" (Todd).
  **καὶ ὁ Καλλίας δέ**: "And Callias in turn...."
2f. **παρορῶν εἰς ἐκεῖνον**: "looking to one side at him."
4 **πράττω τὰ πολιτικά**: "engage in politics."
6 **ὦ**: 1st sing. subj. < εἰμί.

## VIII. 43
1 **ἂν ὁρῶσί γέ σε**: "that is, provided they see you...."
  **τῷ δοκεῖν**: "in mere appearance" (lit. "with respect to seeming").
4 **συμπαρέχεται**: "assists in rendering"; cf. παρέχεται in IV. 43. 2.

## IX. 1
2 **ὥρα**: i.e., the appropriate time for him to retire from the dining-room.
  **ἐξανίστατο εἰς περίπατον**: "proceeded to get up (ἀνα-) and go out (ἐξ-) for a walk."

## IX. 2
1 **κατετέθη**: aor. pass. < κατα-τίθημι.
3 **εἴσεισιν**: 3rd sing. pres. (with fut. force) < εἴσ-ειμι, "go/come in(to)."
4 **ὑποπεπωκώς**: "a little bit tipsy" (perf. part. < ὑπο-πίνω); for the force of the prefix see LSJ s. v. ὑπό F. II.
  **παρὰ θεοῖς**: "in the company of the gods."
5 **παιξοῦνται**: Doric fut. < παίζω.

## IX. 3
3 **ὁ βακχεῖος ῥυθμός**: "the bacchic rhythm," a particular metrical pattern associated with Dionysus.
  **ἠγάσθησαν**: "were struck with admiration (for)/amazement (at)."
3f. **τὸν ὀρχηστοδιδάσκαλον**: i.e., the Syracusan.

IX. 3      Xenophon's Symposium      107

4f.  τοιοῦτόν τι ἐποίησεν ὡς (= ὥστε) πᾶς ἂν ἔγνω: "did something of such a sort (i.e., mimed so expressively) that everyone might have recognized." The aor. indic. + ἄν has "past potential" force (S 1784).
5   ὑπήντησε < ὑπ-αντάω, "go to meet"; for the placement of the negative after the verb see on ὠρχούμην μὲν οὔ in II. 19. 7.
    δήλη δ᾽ ἦν μόλις ἠρεμοῦσα: "it was clear that she was keeping still (only) with difficulty" (personal construction).

IX. 4
1   γε μήν: adversative, answering εὐθὺς μέν three lines earlier.
2   κατεῖδεν: "caught sight of."
    ἐπιχορεύσας: "having danced up (to her)."
2f. ὥσπερ ἂν εἴ τις φιλικώτατα: "as lovingly as one possibly could" (Bowen), lit. "just as (would have been the case) if someone (had done it) most lovingly"; on the elliptical construction see S 2478.
3   ἐκαθέζετο ἐπὶ τῶν γονάτων: "sat down on her lap (lit. 'knees')."
4   αἰδουμένη ... ἑῴκει: Cf. II. 15. 4, VIII. 34. 5.
4f. ἀντιπεριελάμβανεν: "started embracing him in return."
5   ἐκρότουν: "applauded"; cf. συνεκροτεῖτο in VIII. 1. 1.
5f. ἐβόων αὖθις: "kept shouting 'encore'."

IX. 5
3   σχήματα παρῆν θεάσασθαι: either "gestures were at hand to behold/gaze at" (personal construction) or "it was possible to behold/gaze at gestures" (impersonal).
4   οὐ σκώπτοντας: "not acting in (mere) fun."
5   ἀνεπτερωμένοι: "in a flutter of excitement," perf. pass. part. < ἀναπτερόω, "set on the wing."

IX. 6
2   ἐπομνυούσης: "swearing to (it)," i.e., swearing that she really did love him.
3   συνομόσαι ἄν: "would have joined in swearing," representing a past potential (= συνώμοσαν ἄν) in a natural result clause.
    ἦ μήν: "in truth, truly," a combination of asseverative particles found regularly in oaths (S 2865, GP 351).
5   ἐφειμένοις: perf. pass. part. < ἐφ-ίημι, "permit, allow."

IX. 7
1f. περιβεβληκότας ... ἀλλήλους: "locked in an embrace," lit. "in a state of having thrown (their arms) around each other."

2 ὡς εἰς εὐνὴν ἀπιόντες: "as if being about to go off to bed" (pres. part. with fut. force).
  γαμεῖν: more likely fut. than pres. (S 2024).
4 ὅπως τούτων τύχοιεν: "in order that they might meet with them" (a discreet euphemism).
5 πρός: "in the direction of," i.e., "to join."
6 περιπατήσοντες: fut. part. of purpose with verb of motion (S 2065).
7 κατάλυσις: "breaking-up."

## SELECT BIBLIOGRAPHY

Robert C. Bartlett, ed., *Xenophon: The Shorter Socratic Writings* (Ithaca and London 1996) 133-196.
V. J. Gray, "Xenophon's Symposion: The Display of Wisdom," *Hermes* 120 (1992) 58-75.
Clifford Hindley, "*Sophron Eros*: Xenophon's Ethical Erotics," in Christopher Tuplin, ed., *Xenophon and His World* (Stuttgart 2004).
Bernhard Huss, "The Dancing Sokrates and the Laughing Xenophon, or the Other Symposium," *American Journal of Philology* 120 (1999) 381-409.
Leo Strauss, *Xenophon's Socrates* (Ithaca and London 1972) 143-178.
Holger Thesleff, "The Interrelation and Date of the *Symposia* of Plato and Xenophon," *Bulletin of the Institute of Classical Studies* 25 (1978) 157-170.
Samuel Ross Winans, ed., *Xenophon's Symposium* (Boston 1881; repr. Chicago 1981).
Victoria Wohl, "Dirty Dancing: Xenophon's *Symposium*,"in Penelope Murray and Peter Wilson, eds., *Music and the Muses: The Culture of Mousike in the Classical Athenian City* (Oxford 2004) 337-363.

## APPENDIX ON PARTICLES

One of the most challenging aspects of learning Greek is the multiplicity of particles and particle combinations and the heterogeneous uses to which they are put. Some particles indicate logical relationships between sentences; others highlight or qualify individual words or phrases; others hint at tone of voice and emotional affect. The varied content and lively style of Xenophon's *Symposium* make it an excellent text in which to observe particles at work. Generally speaking, particles are best approached through various broad categories of use. These include:

(a) *adversative*, indicating opposition or contrariety ("but," "yet," "and yet," "however," "on the other hand," etc.);
(b) *progressive*, signaling the introduction of a new point or topic ("moreover," "furthermore," "besides," "then again," "what's more," etc.);
(c) *inferential*, signaling that one proposition follows from other as a factual consequence or logical conclusion ("and so," "then," "thus," "therefore," "accordingly," "consequently," etc.);
(d) *asseverative*, affirming the accuracy of a statement or the conviction with which it is presented ("certainly," "surely," "to be sure," "of course," "indeed," "no doubt," etc.);
(e) *assentient*, expressing agreement with the previous speaker;
(f) *emphatic* or *intensive*, highlighting the importance or significance of particular words or phrases;
(g) *limitative* or *restrictive*, confining the applicability of a word or phrase within certain limits ("at least," "at any rate," "at all events," etc.).

In the following summary treatment, the most straightforward meanings of the basic particles (καί "and," δέ "and" or "but," γάρ "for," etc.) are taken for granted. As an aid to comparison, the citation of examples for each particle or particle combination is intended to be more or less complete.

### 1. ἀλλά

Two uses of this particle quite distinct from the standard adversative sense are worth noting:

A. It is often used in following up a rejected suggestion with an alternative one (GP 9), a force best represented by "Well, then" or "Well, in that case": II. 4. 10, III. 8. 3, III. 13. 2, IV. 23. 6, IV. 55. 2, VI. 2. 1, VI. 10. 1, VI. 10. 3.

B. In replies ἀλλά may be assentient in force (S 2784b, GP 18f.), conveying a favorable reaction to a previous speaker's statement (IV. 49. 1) or proposal (I. 12. 1, II. 24. 1, III. 3. 6, VII. 5. 4). Possible renderings for assentient ἀλλά include "Well," "Well, yes," "Very well, " "All right," "To be sure."

## 2. καί

This particle has three main categories of use, copulative, corresponsive, and adverbial.

A. When copulative καί is used to introduce a direct question, it often conveys an emotional effect of surprise, incredulity, or indignation (S 2872, GP 310f.), an effect that can be rendered in translation by adding appropriate stress to the interrogative ("And *how* ...?") or by inserting "just" ("And just what ...?"). Examples: II. 4. 10, III. 6. 3, IV. 2. 5, IV. 4. 1, IV. 62. 1, V. 4. 1.

B. Corresponsive καί includes not only the standard καὶ ... καί "both ... and" but also the "καί of balanced contrast" (S 2885-89), which regularly appears in sentences involving explicit or implicit comparison as a means of underscoring the parallelism in thought between the main and subordinate clauses ("as also X ... so also Y ..."). By the standards of English usage the first καί is superfluous. Examples: II. 6. 3, II. 25. 2, III. 5. 1f., VIII. 15. 2.

C. Although the standard renderings of adverbial καί are "also" and "even" (S 2881), there are many contexts in which neither of those is appropriate and the intended force is rather "in fact," "indeed," or "actually" (cf. GP 317). This usage is particularly prevalent with intensive and quantitative adverbs and adjectives (S 2882c, GP 317f.), as for example μάλα (II. 25. 5, IV. 49. 4), πάνυ (III. 10. 5, IV. 37. 1), and πολύς (IV. 59. 5, VIII. 12. 5). The force is often evident as well when adverbial καί immediately precedes a verb, whether in a question (I. 15. 6, II. 3. 7) or in a statement (I. 16. 3, IV. 19. 4, IV. 48. 7, IV. 52. 3, VIII. 6. 4, VIII. 15. 5).

## 3. καὶ ... δέ

In this combination δέ is best taken as the connective and καί has one or another of its adverbial forces (S 2891). Most often "also" seems to make the best sense (I. 11. 5, IV. 44. 4, VIII. 22. 2, VIII. 31, 3), but occasionally "even" or "actually" seems more appropriate (VIII. 30. 1, VIII. 34. 1f.).

## 4. γάρ

Two variants of this particle's role as a causal conjunction should be noted:

A. Explanatory or prefatory γάρ "introduces, as an explanation, the details of that which was promised in an incomplete or general statement" (S 2808; cf. GP 58f.), e.g., "I shall tell you a story. Once [γάρ] upon a time ...." This type of γάρ is generally best left untranslated. Examples: I. 2. 1, III. 4. 2, IV. 1. 3, IV. 17. 4.

B. γάρ may be termed "elliptical" when it appears to "explain" a thought or emotion that remains otherwise unexpressed. Sometimes elliptical γάρ may have the force of "I say that because ..." (GP 60; cf. IV. 19. 1, IV. 51. 2) or "You say that because ..." (GP 75; cf. III. 6. 7, V. 1. 3); at other times it may mark the speaker's surprise or indignation at something that has just been said (S 2805a, GP 77; cf. III. 12. 3, IV. 21. 2, IV. 23. 4, IV. 50. 4).

## 5. καὶ γάρ

This combination, which is sometimes reinforced by the addition of emphatic δή, has two different functions depending on which of the particles functions as the sentence-connective.

A. When γάρ is the connective, it means "for" and καί is either adverbial ("also," "even," "in fact" according to context) or, if it is followed by a second καί, corresponsive ("both") (S 2815, GP 108f.). In II. 16. 1, II. 25. 3 and VIII. 25. 1 the combination most likely means "for ... also"; in I. 13. 5, IV. 41. 1, VII. 4. 1f., and VIII. 25. 1 "for in fact."

B. When καί is the connective, the combination means "and in fact" or "and indeed" and serves to add "a new and important thought" to what precedes (S 2814). Examples: II. 3. 4f., II. 4. 3, IV. 30. 5.

## 6. καὶ μήν, ἀλλὰ μήν

As used in the *Symposium*, both of these combinations are regularly progressive in force (S 2921, GP 344, 351f.). Progressive καὶ μήν: IV. 15. 5, IV. 32. 5, IV. 44. 1, VII. 3. 2, VIII. 15. 1, VIII. 26. 1. Progressive ἀλλὰ μήν: IV. 42. 1, VIII. 3. 1, VIII. 21. 1, VIII. 31. 1.

## 7. γε μήν

This combination of particles, one of Xenophon's favorites (GP 347), may be either adversative or progressive.

A. When used adversatively (GP 348), γε μήν typically substitutes for δέ in answering a preceding μέν: IV. 38. 2, VIII. 7. 1, VIII. 13. 2, IX. 4. 1.

B. Progressive γε μήν (GP 349) may signal a shift in focus from one member of the group to another (III. 11. 1, III. 12. 5) or the introduction of a new point in the development of an argument (IV. 13. 1, IV. 38. 2, V. 7. 1, VIII. 2. 3f., VIII. 18. 1f., VIII. 37. 1).

## 8. γε

This particle is most commonly either intensive or restrictive and throws its force onto individual words or phrases (S 2821). It normally follows the word being emphasized, but if that word is preceded by an article or preposition it tends to attach itself to them (GP 146).

A. Intensive γε is generally best rendered by adding stress (represented in writing by italics or underlining) to the word or words in question. Words thus emphasized are most commonly adjectives (I. 4. 1, I. 15. 3, II. 10. 8, III. 4. 6, III. 7. 6, III. 9. 3, IV. 3. 4, IV. 13. 3, IV. 42. 1, IV. 44. 1, VI. 8. 6, IX. 1. 4) and adverbs (II. 1. 4, IV. 17. 2, IV. 53. 8, VI. 10. 7, VIII. 4. 1), particularly adjectives and adverbs "expressing number, size, and intensity" (GP 120). Intensive γε is also found with nouns and other substantives (VIII. 21. 1, VIII. 32. 4), pronouns (II. 23. 5, IV. 7. 1, VII. 5. 3), and verbs (II. 5. 2, III. 3. 4, IV. 25. 1). Denniston calls this general use "exclamatory" γε (GP 126f.).

B. Restrictive γε has the force of "at least" or "at any rate," and like intensive γε it can attach itself to words of various grammatical types: nouns (I. 12. 2, II. 12. 2, IV. 8. 6), pronouns (III. 6. 6, IV. 7. 3, IV. 54. 5), verbs (IV. 47. 4), and subordinating conjunctions (V. 6. 2, VI. 6. 6, VI. 9. 4, VIII. 33. 3). The form ἔγωγε frequently bears the sense "I for one" (I. 15. 7, II. 14. 1, III. 12. 6, IV. 37. 1, IV. 49. 2, VIII. 8. 2); cf. ἔμοιγε in III. 6. 6, VIII. 34. 5.

C. In replies γε can signal agreement and hence = "yes" (S 2825): I. 6. 1, III. 11. 3, IV. 54. 2, IV. 60. 4. The compound ἔγωγε can serve the same function (S 2680b): IV. 6. 11, VI. 3. 2.

## Xenophon's Symposium

### 9. μέν solitarium

This term ("μέν by itself") is applied to situations in which a μέν without corresponding δέ (or other equivalent) unmistakably implies a contrasted idea that is otherwise left unexpressed (S 2896, GP 380ff.). The usage is particularly common in association with the first person pronoun (ἐγὼ μέν, ἐμοὶ μέν, ἐμὲ μέν), where it hints at a contrast with the views or feelings of unspecified others ("I for one," "I for my part," "I, at any rate"); cf. II. 16. 5, II. 20. 5, III. 1. 3, III. 3. 1, III. 4. 1, V. 3. 4. Other noteworthy instances of μέν *solitarium* are found at II. 4. 13, IV. 29. 3, IV. 57. 1, IV. 57. 5, V. 5. 3, VI. 5. 3.

### 10. μὲν δή

This combination, when followed in the next clause by δέ, serves as a common transitional formula in narrative (S 2846, 2900, GP 258). Particularly when used in conjunction with forms of οὗτος, it has the effect of summing up one stage of the action before the next is introduced, as in IV. 10. 1 καὶ οὗτος μὲν δὴ ὁ λόγος οὕτω πως ἐπαύσατο. ὁ δὲ Κριτόβουλος ... ("And so *that* discussion ended more or less in *that* way. *Critobulus*, however ..."). Other examples include II. 10. 11, IV. 6. 1, IV. 28. 7, IV. 50. 1, IV. 64. 10, VI. 10. 8, IX. 1. 1, and, without forms of οὗτος, II. 27. 3, VIII. 1. 1, VIII. 42. 2.

### 11. μὲν οὖν

This collocation has two different forces depending on whether the particles function independently or as a unit.

A. When the particles function independently, μέν is antithetical (i.e., looks forward to δέ or an equivalent), οὖν is inferential ("so then," "and so," "now"), and the combination is transitional in effect (S 2901c, GP 471f.), initiating a change of focus within narrative (I. 8. 1, I. 10. 1, I. 11. 1, I. 16. 1, IV. 44. 7) or argument (IV. 37. 1, VIII. 8. 2, VIII. 9. 1).

B. When functioning as a unit in replies, μὲν οὖν often has assentient (affirmative) force, particularly after intensive adverbs (S 2901a, GP 476f.); thus Πάνυ μὲν οὖν ("Certainly, by all means" or "Very much so indeed"), which appears no less than eight times in IV. 56-59.

## 12. μέντοι

As used in the *Symposium* this particle is almost without exception either adversative or asseverative ; progressive μέντοι, though frequent in Xenophon's other works (GP 406), is here curiously absent.

A. Adversative (S 2919, GP 404f.), usually but not invariably answering a preceding μέν: II. 3. 5, II. 25. 1, IV. 49. 2, VI. 1. 7, VIII. 9. 3, VIII. 15. 4.

B. Asseverative (S 2918, GP 399ff.): I. 12. 2, III. 13. 6, IV. 10. 7, IV. 17. 1, IV. 24. 3, IV. 33. 3, IV. 61. 2, IV. 63. 4, VI. 8. 3, VI. 10. 5, VIII. 5. 1.

## 13. οὐκοῦν

This particle, combining οὐκ with inferential οὖν, has two different senses depending on whether it is used in questions or in statements.

A. In questions both the negative and the inferential elements are functional and an affirmative answer is expected: "Is it not therefore the case that ...?" (S 2951, GP 433f.). Examples: III. 12. 1, IV. 33. 1, IV. 57. 1, IV. 57. 4, IV. 58. 1, IV. 59. 1, IV. 60. 5, VIII. 42. 3.

B. In statements the negative elements disappears and οὐκοῦν becomes purely inferential ("therefore," "accordingly," "in that case") or transitional ("well then, " "now then") (S 2952). Examples: II. 4. 7, IV. 1. 1, IV. 10. 2, IV. 29. 3, IV. 47. 1, VI. 7. 4.

C. Both uses of οὐκοῦν are to be distinguished from οὔκουν (III. 6. 6, VI. 6. 5), which retains its strongly negative force in questions and statements alike (S 2953).

## 14. τοι

One typical function of τοι (etymologically the dat. of the second person pronoun) is to mark an appeal to common knowledge in general reflections, along the lines of "as you know," "of course," or "don't forget" (S 2985, GP 542f.; cf. II. 3. 3, III. 4. 6, VIII. 23. 6). Together with its negative counterpart οὔτοι, it may also serve to bring the relevance of a remark forcefully to bear on the attention of an interlocutor (S 2985, GP 540ff.; cf. II. 12. 1, IV. 28. 4, IV. 53. 4).

## 15. τοίνυν

This particle is either inferential or more generally transitional in force (S 2987). The inferential force ("accordingly," "in that case") can be seen in I. 13. 4, III. 2. 5, III. 4. 1, III. 5. 1, III. 14. 5, IV. 51. 1, V. 5. 3. The transitional force ("well then," "now then") is apparent when τοίνυν is used in (a) "responding to an invitation to speak" (GP 571; cf. III. 3. 1, IV. 10. 5, VI. 2. 2) and (b) "marking a transition from the enunciation of a general proposition to the consideration of a particular instance of it" (GP 576; cf. IV. 30. 1, IV. 48. 1).